yh 2725

Hébel, J.-P. ; Körner, Théodor ; Uhland, L. ; Heine, Henri

Poésies allemandes

POÉSIES ALLEMANDES

DE

J.-P. HEBEL,

TH. KOERNER, L. UHLAND, H. HEINE,

traduites par

MAX. BUCHON,

SALINS,
CHEZ LIBRAIRE, DÉPOSITAIRE DU COMPTOIR
CENTRAL DE LA LIBRAIRIE,

1846

POÉSIES ALLEMANDES

DE

J.-P. HÉBEL,

TH. KOERNER, L. UHLAND, H. HEINE,

TRADUITES PAR

MAX. BUCHON.

SALINS,

Cornu, libraire, dépositaire du comptoir
central de la librairie.

1846.

Homme, ne crains rien; la nature
Sait le grand secret, et sourit.
V. Hugo.

Si *je* n'étais pas Français, *je* voudrais être Allemand.
V. Hugo.

Astre à demi voilé, l'idée éclate et perce
Sous le nuage gris de la traduction ;
Pour juger de l'étoile, il suffit d'un rayon.
Th. Gautier.

SALINS, IMPRIMERIE DE G. MARESCHAL.

C'est vraiment chose remarquable et bien rassurante pour l'avenir, que l'attention toute affectueuse, avec laquelle la France se tourne depuis quelque temps vers l'Allemagne; vers l'Allemagne son alliée la plus sympathique et la plus naturelle, et dont pourtant la séparaient jadis, tant de fâcheuses et gratuites préventions.

Il faudra sans doute bien des années encore, pour que les masses se pénètrent chez nous, envers cette noble contrée, des sentiments et des pensées qui animent dès aujourd'hui, tous ceux de nos hommes d'étude qui se sont occupés d'elle; espérons toutefois que les voies de fer aideront bientôt à ce rapprochement si désirable, et compléteront ainsi, par les réformes politiques et sociales, dans notre siècle; ce que l'imprimerie commença dans un autre, par les réformes religieuses.

Il y aurait un gros volume à faire sur les livres relatifs à l'Allemagne publiés en France depuis celui de Mme de Staël (1). Telle n'est pas la tâche que nous nous proposons ici : affirmons cependant que parmi tous ces livres, si appréciables qu'ils soient, nous n'avons pas trouvé de recueil destiné

---

(1) A ceux qui voudraient des noms propres, nous pourrions citer : MM. B. Constant, Villers, L. Veymar, Hugo, Quinet, S. M. Girardin, Lerminier, de Barante, Fourtoul, Michiels, Viardot, Berlioz, Lebas, Gérard, Blaze, Marmier, Taillandier, J. C. Buchon, S. Albin, de Carlovitz, Ozanam, Audin, Bœrne, Weill, G. Sand, Dumas, Delrieu, Pitre-Chevalier, Martin; sans parler des économistes, naturalistes, philologues et idéologues.

à représenter spécialement le genre *allemand*, à côté des poésies bibliques, homériques ou scandinaves; orientales, italiennes ou espagnoles; maritimes, bretonnes ou moyen-âge que nous possédons déjà. Or, c'est cette lacune que nous aurions voulu pouvoir dignement remplir.

En abordant donc, dans cette pensée, la poésie allemande plus ou moins moderne; poésie vivace, indépendante et spontanée s'il en fût jamais; nous avons rencontré quatre hommes qui vont nous servir de types, et défrayer à eux seuls nos tentatives.

L'Allemagne, ou plutôt la vie allemande, ne se trouve-t-elle pas en effet représentée au complet, et sous quatre bien différentes faces, dans les écrits du naïf Jean-Pierre Hébel, de l'héroïque Théodore Kœrner, du chevaleresque Louis Uhland et enfin du spirituel M. Henri Heine. Pour faire un peu connaître au lecteur ces poètes éminents, il nous a fallu traduire; et comme des vers ne peuvent se traduire selon nous que par des vers, nousavonsappelé à notre secours la rime, le nombre et la césure. Ce sont hélas! les résultats d'un maraudage littéraire, bien plutôt qu'une étude sérieuse que nous avons à vous offrir; n'ayant pu explorer encore tout ce beau jardin de la poésie allemande, que par-dessus la vraie muraille chinoise dont nous la laissons entourée; pendant que notre dictionnaire de Thibaut nous faisait officieusement la courte échelle.

Puisse en tout ceci notre bonne intention nous servir d'excuse.

JEAN-PIERRE HÉBEL.

J.-P. Hébel était fils d'un tisserand du village de Hausen, dans le grand-duché de Bade. Sa mère, obligée de gagner sa vie comme domestique, le mit au monde à Bâle, en 1760. Quand elle fut morte, Hébel trouva des personnes charitables qui le destinèrent à l'état ecclésiastique, et l'envoyèrent faire ses études au gymnase de Carlsruhe. En 1798, il y obtint la chaire de langue hébraïque, et en fut même bientôt nommé directeur.

C'est là qu'il écrivit dans le dialecte *allémanique* (1) de sa contrée natale, ces charmantes poésies publiées en 1803, qui, avec ses contes en prose, firent de lui le poète du peuple; et auxquelles applaudirent simultanément Jacobi, Jean-Paul et Gœthe.

Hébel, qui avait reçu en 1819 le titre de prélat, c'est-à-dire le titre le plus éminent du clergé protestant; mourut en 1826, à Schwetzingen, où il fut enterré. Une montagne qui domine la jolie vallée de la Wiese, a reçu son nom. Dans un bosquet du parc de Carlsruhe, un monument en bronze fut élevé à sa mémoire par ses admirateurs, en 1835.

Hébel, dont personne en France ne s'est sérieusement occupé jusqu'à ce jour, Hébel est précisé-

---

(1) Ce dialecte est riche en rimes, merveilleusement propre à la composition des mots, et d'une douceur ionienne dans ses intonations et ses consonnances.

ALEX. DAGUET. *Les Minnesingers suisses.*

ment aux anciens minnesingers ou chanteurs d'a-
mour de la Souabe, ce qu'est M. Jasmin aux troubadours de la Provence (1). Il appartient, par ses
petits poèmes allémaniques, à cette école *souabe*,
si amoureuse de la nature ; à cette école, derniè-
rement si maltraitée par M. Heine (2), et qui n'en
compte pas moins sur ses listes, presque tous les
grands poètes de l'Allemagne, y compris M. Heine;
quand il ne persiffle pas.

On peut ajouter même, que Hébel est double-
ment pour sa part, le poète de la nature ; en ce
sens, que non seulement il peint les ravissants
paysages de sa patrie ; mais encore qu'il les peint,
au moyen des impressions qu'en reçoivent les bonnes gens qui l'habitent.

Certains amateurs ne comprennent l'art, qu'en
habit noir et cravaté jusqu'aux oreilles ; ceux-là
se fanatiseront difficilement pour notre poète ba-
dois; aussi réserve-t-il son livre pour les amis de
la nature et des mœurs champêtres, *fur Freunde
lœndlicher Natur und Sitten.*

---

(1) La poésie du troubadour provençal était plus vive,
plus *imagée* et plus vraiment lyrique, avec cela, mo-
queuse et satirique; la naïveté, l'aménité du cœur, la pro-
fondeur du sentiment, la hardiesse, la grandeur, carac-
térisaient le minnesinger.   ALEX. DAGURT.

(2) En Wurtemberg, j'ai visité l'école des poètes sou-
abes: chères petites créatures, charmantes petites bêtes:
ils étaient assis sur de petites chaises percées, avec de
petits bourlets, sur leurs petites têtes.   H. HEINE.

I. LA WIESE (1).

Le Feldberg de grands bois couvre son noble faîte ;
Plus d'un vous contera d'une voix stupéfaite,
Qu'un fantôme faucheur, à minuit , quand tout dort ,
Y bat sa faux d'argent sur une enclume d'or...
(Il n'est du moins personne à Todtnau qui s'avise
D'en douter !) C'est de là que s'échappe la Wiese ;
C'est aussi là qu'un charme ineffable et vainqueur,
Fait revenir toujours mes regards et mon cœur...
O fille du Feldberg ! ô Wiese bien-aimée !
Puissé-je jusqu'aux cieux porter ta renommée ,
Et voir dorénavant couler à l'unisson
Ton eau limpide avec ma limpide chanson.
Née aux flancs d'une roche et de brouillards nourrie ,
Jamais l'œil d'un mortel n'aura l'effronterie
D'aller fouiller au fond de ce pierreux séjour,
Les replis du mystère auquel tu dois le jour.
La troupe des esprits seule en ce lieu pénètre
Par des sentiers secrets qu'on ne peut reconnaître,
C'est elle qui t'apprend à courir, à penser,
Et tu fais ton profit de tout sans te lasser :
Et dès que tu le peux, sans être soutenue,
Tu viens nu-pieds, chercher à voir , pauvre ingénue,
Tout ce dont tes instincts te parlaient vaguement,
Les arbres , le soleil, et le clair firmament.
Comme tu leur souris... comme tes regards brillent...
Écoute, comme aussi les mésanges babillent...
Tu ne t'attendais point à ces merveilles-là ?
—Non, mais j'espère encor trouver mieux que cela,
Dis-tu, car plus j'avance et plus ma joie augmente
D'avoir osé tenter cette course charmante...—
Comme elle saute... — Cours après moi si tu veux... —
Dit-elle, en secouant à l'air ses beaux cheveux...

---

(1) Rivière qui se jette dans le Rhin , au-dessous de
Bâle , près du Petit-Huningue. Étymol : *die Wiese,* la prairie ; prononcez : *Vise.*

— Tu vas tomber, prends garde.. Ah! vilaine étourdie,
Tout ceci finira par une tragédie...
Pouf! que disais-je donc? t'y voilà, c'est bien fait;
Pourvu qu'elle n'en ait pas le pied contrefait.
        Sans plus se soucier de cette maladresse,
Elle repart, d'abord à quatre.... puis se dresse
Derrière les buissons, et rit en défiant
Tous ceux qui la suivaient d'un regard confiant.
Puis voilà qu'elle vient là-bas de reparaître,
Pour s'éclipser soudain derrière quelque hêtre,
En criant : — Cherche-moi maintenant où je suis.... —
Mais tous ces détours font qu'en vain je la poursuis.
        Plus elle avance, et plus elle devient superbe ;
Sur ses rives l'on voit partout pointiller l'herbe ;
Bientôt, bergeronnette et canards de Todtnau,
Tout le monde s'en vient barbotter dans son eau ;
Tout le monde veut voir notre Wiese au passage ;
Tandis que, déjà faite aux compliments d'usage,
Celle-ci les reçoit tous d'un air enchanteur,
Sans couler toutefois avec plus de lenteur.
        Où s'en va-t-elle ainsi ? peut être à quelque danse,
Ou bien vers les garçons.. Mon Dieu.. quelle imprudence!
Pourtant vers Uzefeld elle hésite... et ne part
De Büchen (ah! ceci c'est très beau de sa part..)
Qu'après la messe dite... alors d'une bordée
Elle arrive à Schœnau, d'où sa route est bordée
De grands prés, de côteaux et de sentiers étroits,
Le long desquels surgit plus d'une vieille croix.
Plus elle avance et plus elle devient superbe,
Sur ses rives l'on voit partout foisonner l'herbe,
Les fraises et les fleurs qu'au bord des grands chemins
Vous pourriez en passant cueillir à pleines mains,
Tandis que, sur la droite, on voit là-bas des aulnes
Déjà tout verdoyants et des navettes jaunes.
        O Wiese ! ranimés par tes fraîches vapeurs,
Le pâtre au loin répond aux chansons des coupeurs,
Les grands moutons de Zell bondissent plus à l'aise,
Si bien qu'il n'est personne à qui cela ne plaise,

Et que chacun voudrait, ô ma Wiese ! pouvoir,
Avec plus de splendeur encor, te recevoir...
    Oui, mais près de Bruckwoog où la rocaille abonde,
Quand grimpent les enfants par troupe vagabonde,
Et qu'ils ont vu de là quel vacarme tu fais,
Ils disent en ouvrant de grands yeux stupéfaits :
— Est-ce que par hasard la démence la gagne,
Cette Wiese, et pourquoi battre ainsi la campagne ?—
Oui, c'est bien vrai, je trouve aussi cela, comme eux;
Pourquoi tant secouer là tes flots écumeux ?
Qu'as-tu ? que veux-tu ? rien .. toujours même silence..
Puis voilà qu'à travers les prés elle s'élance
Du côté de Hausen, pays luthérien,
Où sa foi va bientôt devenir moins que rien...
Tenez, tenez, voyez si j'étais bon prophète;
C'est triste, mais enfin, comme la chose est faite,
Malgré le regret qui dans ma poitrine bout,
Je vais patiemment la suivre jusqu'au bout.
    Ah! puisque de Luther le régime te tente,
Laisse-moi t'habiller en fille protestante ;
Tiens, mets d'abord ces bas à coins, puis ces souliers,
Puis ce corsage vert d'où tombent par milliers
Ces plis de ruban noir sur lesquels va s'étendre
Ce plastron de velours bordé de rouge tendre,
Pendant que je ferai de tes beaux cheveux blonds,
Deux nattes dont le bout pendra sur tes talons.
    Ce bonnet bleu de ciel sera-t-il à ta guise,
Dis ? avec ces fleurs d'or, que t'en semble, ô ma Wiese !
C'est du damas très cher, tu vois ; mais tâche donc
De passer par-dessous tes nattes le cordon,
Et par-dessus l'oreille, afin que je t'en fasse
Une large rosette au sommet de la face...
Puis vient, pour compléter ce costume opulent,
Ce tablier, avec ce mouchoir de Milan,
Qui fera ressortir ta beauté ravissante,
Comme un nuage autour de l'aurore naissante,
Et qui trahira même, à l'œil des amoureux,
Chaque pulsation de ton sein vigoureux.

De montagne en montagne ; oh ! combien de prairies
Te déroulent ainsi leurs vertes draperies,
Avec un bataillon de champêtres clochers,
Perdus, le plus souvent, au faîte des rochers..
Les chevaux de Lœrrach, aussitôt qu'on les lâche,
Viennent aussi vers toi s'ébattre sans relâche...
De Zell jusqu'à Richen, grands arbres et buissons
Fourmillent de linots et de petits pinsons
Qui sifflent, touchent l'orgue et tiennent synagogue,
Jusqu'à la nuit qui clot enfin leur dialogue.

Le tilleul de Bromback est donc mort.. ah ! tant pis..
Mais dans ces plaines, vois quels superbes épis,
Et comme dès le pied, ces côtes sont couvertes,
En guise de manteau, de belles vignes vertes;
Tandis que le haut porte, en guise de cheveux,
Des chênes aux longs bras écaillés et nerveux.

Oui, j'admire vraiment comme sur ton passage,
Sitôt que tu parais, tout change de visage ;
Combien de chariots circulent à la fois,
Sur tes rives, au bruit sifflant des coups de fouets ;
Comme à verser le foin chaque faux continue,
Et comme enfin tu fais à tous la bien-venue.

Qu'il surgisse une usine, une ribe en chemin ;
Vite au maître, tu cours donner un coup de main.
Ailleurs, par un effet d'obligeance excessive,
Tu viens aider aux gens qui lavent la lessive;
Ou bien des forgerons, tu vas, dans leur enfer,
Comme s'il était d'œuvre, unir le fil de fer.
C'est encor toi qui fais arriver sur l'enclume,
Ces masses que ta main brandit comme une plume,
Et lèves leur marteau, sans te mettre en souci,
Quand ils ont oublié de te dire merci.

Trouve-tu quelque part une blanchisserie,
Tu te roules, avec un air de moquerie,
Sur la toile, en disant:—Bah ! si je ne m'y mets,
Le soleil, à lui seul, n'en finira jamais. —

Cependant, il faut bien aussi que je t'apprenne
Ce qu'on dit d'autre part,... — toute aimable et sereine

Que paraisse ta mine, on dit qu'en maint endroit,
Tu te fais des sentiers auxquels tu n'as pas droit,
A travers les regains que tu remplis de sable...
Qu'un pauvre diable ait eu du chanvre un peu passable,
Tu te plais, on ne sait pas trop dans quel dessein,
A l'emporter, dit-on, dans le champ du voisin.
Tu fais aussi, dit-on, mainte étrange trouvaille,
Sous les bancs où jamais le balai ne travaille;
Puis, d'autres fois enfin, tu t'en vas sans façons,
Emportant sous ton bras les gens et les maisons.

Si tu prends ce ton là, j'ai bien peur, ô ma Wiese,
Que de te fiancer nul garçon ne s'avise...
Eh bien, quoi? tu souris, qu'est-ce? allons, lève donc
Vers moi tes yeux et laisse en repos ce cordon...
Va, ne crains pas de t'être avec moi compromise,
Car, je te sais très-bien depuis long-temps promise,
Je sais qu'au rendez-vous tu vas dans ce moment,
Je sais même le nom de ton robuste amant.

Du haut du Saint-Gothard, par Rheineck et Constance,
Il arrive au galop, sans nulle intermittence,
Et traverse le lac, en nageur bien appris,
Qui se dit : — Il me faut cette Wiese à tout prix.. —
Mais vers Stein, il reprend son allure ordinaire,
Et sort, les pieds lavés, de ce lac débonnaire;
Diessenhofen l'ennuie ainsi que son couvent;
Depuis Schaffhouse aussi poursuit-il en avant,
En criant à travers les rochers qu'il balaye:
— Oui, je la veux, la Wiese, il faudra que je l'aie.. —
Puis, ces rochers venant à manquer tout à coup,
Il fait un brusque saut dont l'affreux contre-coup
L'étourdit un moment, pourtant il continue
Sa route vers Rheinau sans plus de retenue.

Eglisau, Kaisersthul, Zursach, il franchit tout,
Waldshut même et Krensach et s'enfuit de partout,
Impatient qu'il est de te trouver à Bâle,
Le front resplendissant de beauté virginale.
C'est là que le contract doit s'écrire; pourtant,
Weil, si tu m'en croyais, conviendrait bien autant.

Mais il se peut aussi, pour traiter cette affaire,
Que ce soit le Petit-Huningue qu'il préfère.
Prenons donc par les prés de Richen.... oh ! dis-moi. .
N'est-ce pas lui qui vient là-bas tout en émoi..
Oui, je le reconnais à ces énormes cuisses,
A ces boutons d'acier comme en portent les Suisses,
Puis à ces trois mentons... mais, vois-le donc, là-bas !
Comme ses gros mollets remplissent bien ses bas,
Et d'un bon gros bâlois comme il a bien la mine..
Tiens, voilà qu'à présent ton beau front s'enlumine,
Et que ton grand mouchoir commence à s'agiter
Sur ton cœur qui bondit... c'est à n'en plus douter,
Tu l'aimes et bientôt toutes les espérances
Des esprits du Feldberg, malgré les apparences
Ma Wiese, à ton profit, vont se réaliser. —
Adieu, je ne veux pas plus long-temps abuser
De ton temps que réclame un colloque plus tendre;
Aussi bien ce monsieur se lasse-t-il d'attendre;
Va jouir du bonheur que chacun te prédit,
Mais rappelle-toi bien tout ce que je t'ai dit.

II. LE CERISIER.

Le bon Dieu dit un jour au printemps :—Mets la table
Pour le ver et le sers de façon confortable..—
Et voilà qu'aussitôt d'un beau feuillage vert,
Le cerisier se trouve entièrement couvert.

Le ver de son côté se réveille et s'étonne
D'avoir pu sommeiller ainsi depuis l'automne,
Puis il baille... en frottant, le pauvret, tant qu'il peut,
Ses yeux que le sommeil fatigue encore un peu.

Ensuite il fait entrer ses dents silencieuses
Dans ces feuilles qui sont vraiment délicieuses,
Tout en se demandant si ce grand cerisier,
Parviendra, lui tout seul, à le rassasier.

Le bon Dieu dit encor au printemps :— Mets la table
Pour l'abeille et sers-la de façon confortable, ...—

Et voilà qu'aussitôt ce cerisier si vert,
De blanches fleurs se trouve entièrement couvert.

L'abeille avec amour dès le matin s'y pose,
En se disant après une légère pause :
— Tiens, si je déjeunais avec ce café-ci ?
Il parait qu'on ne sert qu'en porcelaine ici...

Quelle riche vaisselle ! — et sa langue altérée
Va puiser jusqu'au fond la liqueur éthérée
Qu'elle avale en pensant :—Que c'est doux ! certe, il faut
Que le sucre à ces gens ne fasse pas défaut. —

Le bon Dieu dit plus tard à l'été : — Mets la table
Du moineau, puis le sers de façon confortable.. —
Et voilà qu'aussitôt ce cerisier si vert,
De cerises se trouve entièrement couvert.

Le moineau dissimule un instant sa surprise,
Puis dit, en attaquant du bec chaque cerise :
— Ceci ne peut pas nuire à mon tempérament,
Et j'en chanterai même encor plus joliment.—

Plus tard le bon Dieu dit à l'automne : — Replie
La nappe, car ils ont tous la panse remplie..—
Et voilà qu'aussitôt la bise du nord part,
Et que le givre poind aussi de toute part.

Les cerisiers depuis long-temps jaunes, rougissent,
Puis leurs feuilles en bas l'une sur l'autre gisent,
Si bien que toute chose avec le temps revient,
A cette terre d'où toute chose provient.

Enfin le bon Dieu dit à l'hiver : — Mets en garde,
Tout ce qu'ils ont laissé dans ces champs, par mégarde..—
Et voilà qu'aussitôt l'hiver jette, à plein van,
Sa neige qui va tout couvrir dorénavant.

III. LE REVENANT.

Il est des revenants, c'est chose incontestable;
Après avoir trop bu le soir à quelque table,
Revenez de Kandern et vous rencontrerez
Un bois, où, j'en suis sûr, vous vous égarerez.

Là jadis on voyait une simple chaumière,
Qu'habitaient un enfant, un chat, une fermière;
Le mari, vieux soldat sans peur et sans remord,
Aux champs d'Heltelingen avait trouvé la mort.

Lorsque sa pauvre femme en reçut la nouvelle,
Elle voulut d'abord se briser la cervelle;
Pourtant elle reprit son enfant dans ses bras,
En lui disant : — C'est toi qui me consoleras.. —

Cela n'eût pas manqué; mais, comme au coin de l'âtre,
Filait un beau lundi cette mère idolâtre,
Elle appelle son fils, le croyant dans la cour,
Puis sort et l'aperçoit sur le sentier, qui court....

Or, par ce sentier même un homme en pleine ivresse
Revenait de Kandern ... la mère en vain s'empresse,
Pour sauver son enfant de ce rustre grisé...
Avant qu'elle y parvint il était écrasé...

Pour lui dans la forêt, voilà donc qu'elle creuse
Une fosse et s'assied dessus, la malheureuse !
En disant : — A bientôt, mon amour.. — en effet,
Deux ou trois jours après, d'elle c'en était fait.

Son corps s'anéantit au souffle de la brise,
Mais son âme resta sur cette fosse assise,
Et, bien que les buveurs n'aiment pas trop cela,
Pour venir de Kandern il faut passer par là,

Et quand par ce sentier se montre quelque homme ivre,
Le fantôme l'empêche aussitôt de poursuivre,
Et l'égare au besoin, ne permettant jamais,
Qu'on touche à ce tombeau son seul bien désormais.

Alors de mieux en mieux l'ivrogne se fourvoie,
Tout en se répétant : — Voici la bonne voie.. —
Puis le chat miaule et lui, tout rassuré qu'il est,
Prend cette voix de chat pour celle d'un poulet.

Le voilà donc qui fait des courbes sans pareilles,
Toujours avec ce cri de chat par les oreilles;
Puis au moment qu'il croit chez lui rentrer bientôt,
Il va heurter du front l'auberge de tantôt.

D'autres fois cependant cette route est hantée
Par des gens sobres, dont n'est pas épouvantée

La pauvre mère qui murmure en étouffant
Ses soupirs ;—De ceux-ci ne crains rien, mon enfant.—

IV. LA PIPE.

                                       [branches],
Au printemps, quand les fleurs poussent au bout des
Quand nichent les oiseaux sous les râmures blanches
Et qu'on sent au soleil son cœur se ranimer,
Qu'on est heureux d'avoir une pipe à fumer.
    L'été, quand les moissons dans les plaines jaunissent,
Quand de fruits savoureux les vergers se garnissent
Et qu'on se croit toujours au moment de pâmer,
Qu'on est heureux d'avoir une pipe à fumer.
    L'automne encore, quand l'insoucieux automne
Vient, à califourchon s'installer sur sa tonne
Pleine d'exhalaisons si douces à humer...
Qu'on est heureux d'avoir une pipe à fumer.
    L'hiver enfin quand tout s'enveloppe de neige,
Et que pour déjouer la bise qui l'assiège,
Chacun ne songe plus qu'à se bien enfermer...
Qu'on est heureux d'avoir une pipe à fumer.

V. LE DIMANCHE MATIN.

    Le samedi s'en vient bien tard dire au dimanche :
— Voilà que je les ai tous couchés sur la hanche
Bien fatigués qu'ils sont, et j'en vais faire autant,
Car mes jambes sous moi faiblissent par instant. —
    Pendant qu'il parle ainsi, l'heure douze fois sonne ;
Le dimanche alors dit d'une voix qui résonne :
— A mon tour.. — puis il ouvre, encor tout endormi,
Sa porte au fond du ciel et retombe à demi.

Enfin, frottant ses yeux, il arrive à la porte
Du soleil qui dormait aussi d'étrange sorte,
Et lui crie, en frappant aux volets : — Il est temps ! —
Sur quoi l'autre répond : — Je vais..c'est bien..j'entends..—
    Sur la pointe des pieds le dimanche alors gagne,
Sans personne éveiller, le haut de la montagne ;
Puis revient au village, en veloutant ses pas,
Pour dire au coq : — Ah çà ! toi, ne me trahis pas. —
    Après un somme heureux, quand on vient à renaître,
On le voit au soleil guetter par la fenêtre,
Les yeux riants, le front teint de fraîches couleurs,
Et le chapeau garni de rubans et de fleurs.
    Car c'est un bon enfant qui comprend à merveille
Qu'on dorme, quand il vient, plus longtemps que la veille,
Et même qu'on se fasse accroire que la nuit
Dure encor quand déjà le grand soleil reluit.
    Comme on sent l'aubépin ! comme en gouttes superbes
La rosée envahit les feuilles et les herbes,
Et comme partout va l'abeille se poser
Sans savoir qu'aujourd'hui l'on doit se reposer.
    Dans ce jardin, voyez, avec sa robe blanche,
Ce beau cerisier.. puis, au bout de chaque planche,
Toutes ces mille fleurs aux rejets si hardis..
Semble-t-il pas vraiment qu'on soit en paradis ?
    Quelle tranquillité ! comme on se sent à l'aise !
Les charretiers n'ont plus de cri qui vous déplaise,
Plus de huhos grossiers ; et chacun, tour à tour,
S'aborde en répétant : — Comment va ?... quel beau jour !
    Les linottes ont mis leur habit des dimanches,
Et les chardonnerets, en sentant sous les branches
Pénétrer la chaleur, disent : — Ah ! sacrebleu..
Comme ça chauffera tout à l'heure au ciel bleu.. —
    La messe va sonner ; cours vite, Cunégonde,
Me cueillir une fleur où le duvet abonde ;
Va de tes tabliers mettre le plus coquet,
Et faire, si tu veux, pour toi-même un bouquet.

VI. SOIR D'ÉTÉ.

Oh ! comme le soleil est las de sa tournée...
Comme il sue ! on dirait, quand elle est terminée,
Qu'il s'essuie, en faisant d'un nuage un mouchoir,
Avant de se laisser derrière les monts choir...
Il est vrai qu'en été sa tâche est longue et dure ;
Car enfin il n'est pas un seul brin de verdure
Qui n'implore chaleur et lumière de lui,
Sitôt qu'à l'orient ses premiers feux ont lui.
Combien de fleurs, combien d'abeilles turbulentes
N'a-t-il pas enrichi de faveurs opulentes,
En leur disant : — Cela vous suffit-il ainsi ? —
Le moindre scarabée en a sa part aussi.
Les plantes laissent voir, au fond de leurs calices,
Ces grains dont les oiseaux du ciel font leurs délices,
Et pendant tout le jour leur gésier se remplit,
Et pas un n'aura faim pour se remettre au lit.
Aux cerises de juin dont chacun d'eux se joue,
C'est le soleil qui met du rouge sur la joue ;
C'est lui qui fait pousser la vigne et les épis,
Dans ces champs qu'on prendrait pour de moëlleux tapis.
Il eut même aujourd'hui l'honneur de satisfaire
Notre vieux buandier, par son beau savoir-faire ;
Car son linge, sorti de la cuve plein d'eau,
Se séchait presque, avant d'être sur le cordeau !
Tout le jour, grâce à lui, par immenses volées,
La faux a pu s'ébattre au large des vallées,
Et l'herbe du matin, sur le pré mis à nu,
Se trouva du vrai foin quand le soir fut venu.
Voilà d'où lui provient cette mine touchante :
Il n'aura pas besoin pour dormir qu'on le chante...
Tenez... sur la montagne il est allé s'asseoir
Pour nous mieux souhaiter depuis là le bonsoir.
Le voilà disparu ! que le bon Dieu le garde...
Du haut de son clocher, tiens... le coq le regarde
Toujours d'un air moqueur... Gageons qu'à l'effronté
Il va tirer bientôt son rideau moucheté.

En ménage , il n'est pas très heureux, ce me semble,
Car son épouse et lui ne vont jamais ensemble,
Monsieur prend son chapeau quand madame paraît ;
Tenez , voyez plutôt... derrière la forêt...
    La voici... — Belle lune, oh! viens donc qui t'arrête ?
Je suis bien sûr qu'il dort déjà dans sa chambrette ;
Mais viens donc ! — La voilà qui regarde un instant ,
La vallée, et sourit contre nous en montant.
    Pour nous qui n'avons point d'ambition méchante,
Nous n'aurons pas besoin non plus que l'on nous chante ;
Nous avons assez fait de bon soin , Dieu merci,
Tant qu'a duré le jour , pour bien dormir aussi.

VII. CRI DU GUET.

    Écoutez bien ceci, braves gens de la ville :
Dix heures vont sonner à la Maison-de-ville.
Faites votre prière et mettez-vous au lit ;
Jusqu'à demain matin que nul ne se réveille ;
Il est un œil là-haut qui toute la nuit veille,
Et qui toujours au fond des consciences lit.
    Écoutez bien ceci, braves gens de la ville :
Onze heures vont sonner à la Maison-de-ville.
Le tapage nocturne à tout le monde nuit,
C'est pourquoi je répète au menuisier qui tâche,
Malgré l'heure qu'il est, de terminer sa tâche...
— Vous finirez demain, couchez-vous, bonne nuit. —
    Écoutez bien ceci, braves gens de la ville :
Douze heures vont sonner à la Maison-de-ville.
Hélas ! s'il est encor une âme à quelque endroit,
Une pauvre âme qui languisse et se désole,
Qu'elle ait recours à Dieu, car toujours il console
Tous ceux qui vont à lui le cœur flétri, mais droit.
    Écoutez bien ceci, braves gens de la ville :
Une heure va sonner à la Maison-de-ville.
S'il est quelque brigand , par le diable incité,
Qui s'efforce d'ouvrir soit porte , soit fenêtre ;

(J'espère bien que non ! mais cela pourrait être...)
Qu'il se sauve, car Dieu voit dans l'obscurité.
　Écoutez bien ceci, braves gens de la ville :
Deux heures vont sonner à la Maison-de-ville.
S'il est un pauvre diable, hélas ! prêt à mourir,
Et pour qui la mort soit comme une délivrance,
Qu'il fasse encor de Dieu sa dernière espérance...
Je le plains ! car vraiment à quoi bon tant souffrir ?
　Écoutez bien ceci, braves gens de la ville ;
Trois heures vont sonner à la Maison-de-ville.
Oh ! pour le coup, voilà le jour à l'orient...
Que l'ouvrier s'éveille et se mette à l'ouvrage...
S'il s'est levé joyeux, qu'il prenne bon courage,
Car son front restera tout le jour souriant.

VIII. L'ARAIGNÉE.

　Une araignée.. oh ! vois quel grand fil elle traîne...
En filas-tu jamais un pareil dis, marraine...
Cela doit être bien fragile à dévider;
Que c'est lisse et menu.. mais viens donc regarder...
　Où prend-elle son œuvre enfin cette araignée,
Et cette œuvre qui peut l'avoir ainsi peignée?
Bon... voilà qu'elle étend les bras, en retroussant
Ses manches pour que rien ne la gêne en tissant.
　Puis voilà qu'elle jette un fil et l'enracine
Comme un pont, pour aller à la maison voisine,
Et demain l'on verra, le long de ce cordeau,
S'étendre la rosée, en belles gouttes d'eau.
　A présent elle monte et descend et galoppe,
Puis voilà que d'un cercle immense elle enveloppe
Tous ces fils rayonnés sur l'axe transparent,
Aussi bien que pourrait le faire un tisserand.
　Maintenant la voilà qui rumine et calcule,
Puis, après un moment de trêve elle recule...
D'un air qui semble dire : — A quoi bon s'épuiser?—
C'est vrai, n'a-t-elle pas droit de se reposer?

La voilà qui revient pourtant à son étoffe,
Pour ne la plus quitter... et dire que Christophe
Le marguillier prétend que ce brin si subtil,
Est fait de brins encor plus petits.... qu'en sait-il?

Tiens, la voici qui lave enfin ses doigts et gagne,
D'un seul bond vigoureux, sa maison de campagne
Qui donne sur la route, et de là s'aperçoit
Du bonheur qu'on éprouve à se sentir chez soi...

Puis bientôt sur ces fils où la lumière flambe,
Comme dans un hamac, notre tisseuse ingambe
Se berce en épiant les mouches d'alentour,
A qui tous ces apprêts joueront bien mauvais tour.

Quoi qu'il en soit, tu peux te vanter, chasseresse,
De m'avoir joliment tenu l'âme en détresse...
Aussi bien, comment donc mets-tu tant de savoir
Dans un corps si petit qu'on a peine à le voir?

Bon.. voilà qu'au milieu de ton grand filet saute
Une mouche... faut-il, vraiment, qu'elle soit sotte!
Pauvre bête, bientôt ton compte sera clair,
Voilà ce que l'on gagne à regarder en l'air...

Sur elle au même instant s'élance l'araignée,
Qui la prend à la gorge et l'a bientôt saignée,
En disant : — Ce travail m'a mise en appétit,
Et voici de quoi faire un excellent rôti.

IX. LA BOUILLIE.

Enfants, votre bouillie est prête, venez vite;
Ne frottez pas avec vos manches la marmite,
Car vous voyez qu'elle est noire de tout côté;
Oui, mais disons d'abord le bénédicité.

Mangez à votre faim et que ça vous prospère :
Le grain d'avoine fut semé par votre père;
Mais rien sous le soleil n'avancerait d'un pas,
Si le père d'en haut ne le conduisait pas.

Or, ce grain farineux, mes chers petits, renferme

Sous son écorce grise, un invisible germe
Qui demeure en paix là, sans boire ni manger,
Jusqu'à ce que sous terre il aille se loger.
    Puis, dès qu'il sent le chaud, ce germe se réveille,
Étend ses petits bras joyeux et s'émerveille,
Et vous suce le grain, comme suce parfois
Sa nourrice un enfant... sans pleurer toutefois.
    Puis après, cela prend bonne tournure et force;
Tellement qu'un beau jour s'ouvre toute l'écorce,
Et que sous terre vont les racines, chercher
La sève que bientôt doit tout faire marcher.
    Car il lui tarde fort, d'arriver sur la terre,
Ce qu'on y fait n'étant pour lui qu'un grand mystère,
Il guette donc et nul ne saurait concevoir
Dans quelle extase il tombe aussitôt qu'il peut voir..
    Puis le seigneur envoie un ange à face rose;
Un ange qui lui dit bonjour, et qui l'arrose,
Et le germe charmé par ce double bienfait,
Se met décidément à grandir tout-à-fait.
    Puis le soleil le peigne avec amour et gagne,
Son brûle-gueule en main, le haut de la montagne,
Pour le couver des yeux, de là tout en fumant,
Comme une mère couve un nourrisson charmant.
    Et le germe en ressent vite une joie extrême...
Drôle d'homme, à coup sûr, mais bien bon tout de même,
Qui fume tant et tant, que vraiment j'ai bien peur,
De voir tout aujourd'hui se couvrir de vapeur.
    Quelques gouttes d'abord tombent, puis vient la pluie,
Le germe en boit un peu, puis un vent chaud l'essuie,
Et le gaillard se dit, pret à bien soutenir
L'assaut : — Voyons comment tout cela va finir... —
    Mangez mes chers petits et que ça vous prospère...
Aux premiers froids le germe enfin se désespère,
En voyant le soleil s'éteindre, et le passant
Souffler sur ses gros doigts rougis qu'à peine il sent.
    Puis il vient de la neige à faire une avalanche,
Et le germe, en voyant la terre toute blanche,
Regrette, mais trop tard son premier gite, et croit

Que le soleil est mort, ou qu'il a peur du froid.
   —Ah ! dans mon petit grain , sous la terre échauffée,
Qu'il faisait bon , dit-il, d'une voix étouffée.—
Pour gagner de l'argent , hélas! quand vous allez
Bien loin , n'est ce donc pas ainsi que vous parlez?
   —Qu'il faisait bon chez nous, derrière le gros poêle,
Dites-vous , vers ma mère au tablier de toile.—
Mais patience , il vient du calme après le vent,
Et tout se trouve aller pour le mieux bien souvent.
   Au retour du printemps la glace enfin se brise ,
Le soleil se remontre et sous la chaude brise
Qui voyage à travers les vallons et les bois,
Se ranime à son tour notre germe aux abois.
   Puis on voit, par les prés, de belles grappes blanches,
Les cerisiers joyeux garnir toutes leurs branches ,
Et l'avoine se dit en sentant tout grandir :
—Dam ! il faudrait peut-être aussi nous dégourdir.. —
   Et voilà qu'il lui vient des feuilles d'où s'élance
Radieux chaque épis que la brise balance...
Or, dites-moi, qui peut ainsi les attacher
Tout en haut, ces boutons qu'on n'ose pas toucher...?
   Ce sont bien sûrement les anges , bons apôtres
Qui tiennent les épis les uns après les autres,
Et l'avoine en devient belle finalement.
Comme une fiancée, au jour du sacrement.
   Puis la fleur s'étiole et le vent la disperse,
Puis un petit grain long sous chaque bouton perce ;
En sorte qu'à la fin notre avoine a compris
Qu'elle renferme en soi quelque chose de prix.
   Le soir à la veillée, en galants subalternes,
Les vers luisants avec leurs petites lanternes,
S'en viennent la trouver à travers les sillons,
Sitôt que sont allés se coucher les grillons....
   Bientôt d'excellent foin chaque grange regorge,
Puis c'est le tour du blé, des seigles et de l'orge,
Et les enfants s'en vont, les pieds endoloris ,
Glaner par la campagne, ainsi que les souris..
   L'avoine cependant devient blanche et déploie

Tant de grains farineux que la pauvrette ploie,
En disant : — Que ferais-je ici, si je n'avais
Pour voisins, cet hiver, que ces tristes navets ! —
    Or, par un beau matin la famille est allée
La faucher, puis on l'a, sur la grange étalée,
Et quatre lourds fléaux ont dessus rebondi,
Depuis le point du jour, jusqu'à l'après midi.
    Puis l'âne du moulin vient jusqu'à notre porte,
La chercher pour la moudre et vite la rapporte...
Et je vous en ai fait cuire avec du bon lait
Tout frais, qui, sans mentir, de la crème valait.
    N'est-ce pas que c'est bon ? remettez à leur place
Vos cuillères, prenez vos sacs et... vite en classe !
Tâchez de n'y pas trop faire les étourneaux,
Et quand vous reviendrez vous aurez des pruneaux.

X. CONTENTEMENT.

    Assez pour aujourd'hui... ma charrue et ma herse
Regagnent gravement le chemin de traverse;
Chacun de mes valets chante en s'en retournant,
Je puis donc allumer ma pipe maintenant.
    Quand il a bien couru les taillis et les plaines,
Et que de fins gibiers ses voitures sont pleines,
Entouré de ses chiens et de ses louvetiers,
Le roi tire aussi lui, sa pipe volontiers.
    Mais elle n'a pour lui qu'un parfum qui l'entête,
Car la couronne d'or pèse à sa pauvre tête,
Et l'on n'a pas dessous ses aises, je le sens,
Comme sous mon grand feutre aux bords si complaisants.
    Plus d'un vieux général, au jour de la bataille,
Tire sa pipe aussi, parfois de rude taille;
Mais le meilleur tabac devient étourdissant,
Si tôt qu'on voit couler autour de soi du sang...
    Le marchand qui s'en va par les foires, allume
Sa pipe aussi, d'un air tendre comme une enclume,

Mais bientôt ses calculs le rendent soucieux,
Et mille maux secrets se lisent dans ses yeux...
    Pour moi la pipe m'est bénigne et salutaire ;
Le blé que nous venons de mettre dans la terre,
Grandira quand les vents du bon Dieu souffleront,
Et quand les matins frais d'avril arriveront ...
    Quand on laisse au logis une joyeuse troupe
D'enfants, et que l'on voit de loin fumer la soupe,
Chef-d'œuvre où Marianne a mis tous ses talents,
Ne croyez pas qu'on puisse y rentrer à pas lents.

XI. L'ÉTOILE DU MATIN.

    Où courez-vous si tôt, belle petite étoile,
Avec ces cheveux d'or qui flottent comme un voile,
Et cette longue robe, et ces beaux grands yeux clairs,
Tout moites de rosée et tout brillants d'éclairs?
    Vous croyiez être seule ? .. Oh ! non ; depuis une heure,
Nous fauchons ici, nous ; moins au lit on demeure,
Et plus, dès le matin, l'on est dispos et frais ,
Et la soupe en devient toujours meilleure après,
    Il est des paresseux qui dorment sans relâche,
Et qui se lèvent quand du lit on les arrache.
L'étoile et le faucheur s'arrangent autrement,
Et l'œuvre du matin trouve au soir son paiement.
    Tous les petits oiseaux, par bande émerveillée,
Se disent dès long-temps bonjour sous la feuillée ;
La tourterelle rit et pleure tour à tour ;
Et la cloche, elle aussi, s'éveille dans sa tour.
    Jusqu'à la noire nuit, que le bon Dieu nous garde !
On est toujours bien, tant qu'on l'a pour sauvegarde.
D'ailleurs, à tout hasard, nous ne lui demandons
Qu'un bon cœur, car c'est là le premier de ses dons !
    Cette étoile en voudrait trouver une comme elle,
Pour vivre à ses côtés, en bonne sœur jumelle ;
Mais le soleil, son père, à qui cela déplait,

La remet, quand il vient, sous clef comme un poulet.

Voilà pourquoi, Jacob, cette pauvre ingénue,
Poursuit, avant le jour, sa jumelle inconnue,
Prête à solder, au prix de l'or et de l'argent,
Quelque baiser de sœur bien doux et soulageant.

Au moment où sa main va l'atteindre, son père,
Que sa fuite soudaine et furtive exaspère,
Crie : — Oh! de mon enfant, qu'ont-ils fait, les démons?—
Puis il s'en va guetter par-derrière les monts.

Quand l'étoile aperçoit son père, toute blême,
Elle tombe, en faisant, à l'étoile qu'elle aime,
Ses adieux... —Hâtez-vous, étoile du matin,
Car votre père guette à l'horison lointain! —

Tiens, vois, dans sa splendeur comme se tranquillise
Le soleil en dorant le clocher de l'église,
Et comme son éclat vient, par monts et par vaux,
Répandre la gaîté sur nos rudes travaux.

La cigogne, au sommet des maisons ruinées,
Polit son bec; partout fument les cheminées :
Le volant du moulin tourne au courant de l'eau,
Et le coupeur s'épuise autour du vieux bouleau.

Qui peut donc traverser si tôt la plaine verte,
Une corbeille au bras, d'un linge blanc couverte?
C'est la soupe! ce sont les tourneuses de foin..
Marianne est devant, et me sourit de loin.

Si j'étais le garçon du soleil, d'un pied leste,
Je quitterais, par Dieu! son domaine céleste;
(Dût-il en maugréer de là-haut, tous les jours);
Pour suivre pas à pas Marianne toujours.

____

XII. ENTREVUE.

Braves gens de Todtnau, venez, qu'on vous raconte
Des choses tout-à-fait nouvelles sur le compte
De cet esprit faucheur que vous croyiez méchant.
Moi qui suis de la ville et cousin d'un marchand,

Moi qui vois comme un chat, par la nuit la plus noire,
J'en parle savamment et vous pouvez m'en croire...
    Mon oncle égare tout, quand il va quelque part :
Un jour, nous revenions de Todtnau sur le tard,
Tout-à-coup il s'arrête et dit :— Ma tabatière
A dû rester, je crois, chez la cabaretière... —
Je me retourne donc, pour lui courir après,
Jusqu'à l'Aigle, à Todtnau, qui me semblait tout près.
Ayant de cette route une longue habitude,
La nuit ne m'inspirait pas brin d'inquiétude,
Et, devers le Feldberg déjà je me trouvais,
Sans m'en être aperçu ; tant de plaisir j'avais,
A voir se balancer au vent chaque fleurette...
 (Car, j'ai ce défaut là, pour un rien je m'arrête...)
Enfin tout devenait, dis-je, silencieux
Sur la terre, tandis qu'on voyait par les cieux,
Mainte étoile hasarder son nez à la fenêtre,
En tremblant que le jour s'avisât de renaître,
Pour bien voir si, les monts commençant à brunir,
On pouvait faire signe aux autres de venir...
Quand soudain, mon sentier dont je n'avais eu cure,
Disparaît sous mes pieds dans la campagne obscure...
Que faire ? une masure était là... noir séjour,
Où j'allai me tapir pour attendre le jour...
J'aurais, certes, été beaucoup mieux en famille ;
Pourtant j'ouvris ma montre et tâtai chaque aiguille,
Car, avec l'œil alors, impossible d'y voir..
—Onze heures.. seulement.. bien, c'est bon à savoir,—
Et déjà je bourrais tranquillement ma pipe .
Devant qui tout besoin de sommeil se dissipe,
Quand tout à coup, j'entends ces mots à basse voix:
—Frère, j'arrive tard, ce soir, comme tu vois ;
Mais il vient de mourir à Mambach une fille,
Qui faisait le bonheur de toute sa famille,
Et j'ai dû lui fermer les paupières tout seul :
En lui disant : « Dors bien, dans ton chaste linceul,
Je t'éveillerai quand l'heure en sera venue ! »
Maintenant, va chercher au bout de l'avenue,

Dans cette tasse, un peu d'eau, car il est urgent
Que je batte ce soir ma belle faux d'argent.. —
     Battre sa faux! pensai-je.. un esprit? c'est étrange...
Je m'approche et je vois, avec deux ailes d'ange,
Avec tunique blanche et rouge ceinturon,
Un beau jeune homme âgé de vingt ans environ,
Qui siégeait au milieu des herbes parfumées;
Deux chandelles flambant à ses pieds allumées.
—Mon bel ange, bonsoir. --Bonsoir, mon cher.--Pardon
Si je suis brusque, mais enfin dites-moi donc,
Ce que de cette faux vous prétendez là faire.?.
—Faucher de l'herbe, et vous quelle importante affaire,
Vous fait courir ainsi la nuit bel étourneau?
—Je devrais maintenant être à l'Aigle, à Todtnau,
Je me suis égaré, voilà... mais je ne sache
Vraiment pas que jamais vous ayez eu de vache...
—Des vaches, non, mais l'âne et le bœuf qui jadis,
Sur les pieds de Jésus par le froid engourdis,
Posèrent à Noël leurs naseaux charitables..
Depuis, on leur a fait dans le ciel des étables,
Et vous les y verriez, en y bien regardant,
Qui respirent le frais du soir, en m'attendant;
C'est moi qui suis chargé d'emplir leur vaste crèche,
Et c'est pourquoi je viens faucher de l'herbe fraîche..
Pour peu que cela puisse enfin vous convenir,
Libre à vous de m'aider...—Je le voyais venir,
Aussi lui répondis-je :— A ce métier servile,
Hélas! je n'entends rien, car je suis de la ville;
Là, chacun sait auner, charger et décharger,
Empiler de l'argent, vendre, boire et manger,
Rien de plus : d'autant mieux que par grandes hottées,
Là, les provisions sont toutes apportées;
Du beurre, du persil, des raves, des oignons,
Des cerises, des choux, des œufs, des champignons,
Pour de l'argent, l'on trouve enfin tout sur la place:
Le cumin, le café, le sucre et la mélasse..
L'aimez-vous, le café? — Vous vous moquez, vraiment,
Là-haut, nous n'avalons que l'air du firmament,

Avec des raisins secs, d'une saveur parfaite;
Quatre pour les jours d'œuvre, et cinq pour ceux de fête.
Or ça, je vais faucher; prenons par ces sentiers,
Si vous voulez venir à Todtnau..—Volontiers,
Car il ne fait pas chaud derrière cette porte..
Fumez-vous? Donnez donc la faux que je la porte..—
Et l'ange, dans la nuit, par trois fois appelait,
Et je vis tout à coup surgir un feu-follet,
Auquel il dit, d'un ton de maître à subalterne :
—Tu vas, jusqu'à Todtnau, lui servir de lanterne.—
Que vous semble, mon cher, d'un pareil éclaireur?
N'ayez crainte, il ne peut vous induire en erreur,
Seulement, ayez soin, là-bas, avant d'atteindre
Les premières maisons, de très vite l'éteindre ;
Car il pourrait fort bien y mettre, l'innocent !
Le feu dans quelque tas de vieux chaume, en passant·
   —Mon bel ange, comptez sur ma reconnaissance..
J'espère bien mieux faire avec vous connaissance,
Un de ces jours en ville.. — Et là, je le quittai,
Et m'en allais vers Bâle en toute sûreté,
Quand je fus à Mambach, je vis un blanc cortège,
Avec cercueil et croix, aussi plus ne doutai-je
Qu'elle ne fût bien morte, hélas ! dans sa fraicheur,
Celle dont, à minuit, parlait notre faucheur.
—Ne pleurez donc pas tant, vous qui l'avez perdue,
Puisqu'elle vous sera finalement rendue ,
Et que l'ange a promis, à ses derniers instants ,
De vous la réveiller quand il en serait temps. —
Enfin , je retrouvai ladite tabatière,
Oubliée, en effet, chez la cabaretière.

XIII. PRÉFÉRENCE.

A Mullheim , à l'hôtel de la Poste , corbleu !
Quels fameux vins l'on boit dans des pots d'étain bleu;
Ça coule comme l'huile et l'hôte vous riposte...
Qu'il fait bon à Mullheim , à l'hôtel de la Poste!

A Burglen , du sommet des collines , surtout ;
L'on ne voit que vallons et montagnes partout ,
Puis des prés tous remplis de sources cristallines ;
A Burglen , que c'est beau , du sommet des collines .

A Stauffen , sur la place, on a tout à plaisir ,
Des bals , du vin, des jeux, chacun peut y choisir ;
Tout ce qui réjouit le cœur et le délasse ,
S'est donné rendez-vous à Stauffen , sur la place.

A Fribourg, dans la ville , on ne voit rien de laid ;
Des filles dont le teint est de sang et de lait ,
De l'argent, des messieurs , puis la garde civile ,
Tout cela se rencontre à Fribourg , dans la ville.

Dans cette contrée , oui , le ciel a prodigué
Mille tableaux charmants où tout est riche et gai ;
Pourtant, sous quelque aspect qu'elle me soit montrée ,
Elle ne me plaît point à moi , cette contrée.

Mais Hérischrid au fond du bois morne , voilà
Le séjour que partout mon cœur se rappela ;
Et pas un lieu pour moi d'autant d'attraits ne s'orne ,
Qu'Hérischrid solitaire au fond du grand bois morne.

Là , dans une chaumière , entre , puis sort quelqu'un ,
— Qui donc ? — Oh ! ne crois pas qu'on le dise à chacun ;
C'est une *elle*, et non pas un *lui* , qui , la première ,
M'intéresse là-bas dans cette humble chaumière.

XIV. **JEAN ET VÉRONIQUE.**

Je n'aime qu'une jeune fille ,
Mais pour elle , vraiment je grille..
Autour de sa taille gentille ,
Si j'avais les bras arrondis ,
Je me croirais en paradis.

Je l'aime tant , que pour ma femme ,
A tout moment je la réclame ;
Jamais la colère n'enflamme
Son teint fait de sang et de lait ;

4

Enfin, tout en elle me plait.
   Quand je la vois sur mon passage,
Tout mon sang me monte au visage,
Mon cœur saute, et, faute d'usage,
Je suis de sueur submergé,
Puis je ne sais plus ce que j'ai.
   Mardi matin, à la fontaine,
Elle me dit — :Ma cruche est pleine,
Aide-moi, Jean... — puis incertaine :
— Ah ! mon Dieu.. comme te voilà.. —
Et j'entends toujours ce mot-là.
   J'aurais alors bien pu, sans doute,
Lui dire un mot, mais on redoute,
Quand on est pauvre, et cela coûte ;
Tandis que, riche on trouverait
Mille choses qu'elle croirait.
   Bon ! la voilà dans la salade..
De ce mur faisons l'escalade,
Car enfin j'en deviens malade;
Et si je n'obtiens pas sa main,
Je me ferai soldat demain.
   Je n'ai, c'est vrai, ni sou ni maille,
Mais jamais, certe, on ne me raille
Sur mon honneur, ni sur ma taille;
Ceux qui m'ont pour les protéger,
Peuvent défier tout danger.
   Mais quoi ? ce gros buisson s'agite..
Qui donc a pu, sainte Brigitte,
Venir dessous, chercher un gîte;
Je me croyais en sûreté,
Et l'on aura tout écouté.
   — C'est moi, Jean; vas-tu te dédire?
Depuis long-temps j'avais su lire,
Dans tes yeux, ce charmant délire,
Dont je devins sûre mardi...
Pourquoi n'en avais-tu rien dit ?
   Tu n'es pas riche?.. belle affaire..
A la richesse je préfère

Ta bravoure... tu sais tout faire;
Écoute, je t'accepte ainsi.
Veux-tu de moi? je t'aime aussi...
   —Dieu! que dis-tu là? puis-je croire,
Ma Véronique, à cette histoire;
Tu me tires du purgatoire,
Pour mettre le comble à mes vœux...
Ah! c'est bien sûr que je te veux.

XV. LE SCARABÉE.

   Un ange au fond d'un lis tenait une guinguette,
Et débitait sa sève en guise de piquette.
Un jour un scarabée imperceptible vint
Y demander à boire un *chauveau* de vieux vin.
— Du vieux, je n'en ai plus, lui répondit notre ange;
Mais du très bon nouveau, si cela vous arrange...
— Va pour le bon nouveau.. — Quand il eut épuisé
Son broc, notre buveur, plus qu'à demi grisé,
S'en alla demander son compte à l'aubergiste,
Qui lui dit : — Ce n'est rien. — Le scarabée insiste.
— Ah! si vous y mettez de l'obstination,
Je vais vous faire faire une commission,
En guise de paiement... A la maison voisine,
Portez-moi ce paquet jaunâtre de farine.
Mon voisin, je le sais, a tout ce qu'il lui faut...
N'importe; quand j'ai pu me trouver en défaut,
Jamais chez cet ami ne me fut refusée
Ration de farine ou goutte de rosée.
— Avec bien du plaisir... montrez-moi les chemins,—
Reprit le scarabée, en se frottant les mains.
   Ledit voisin n'était lui-même qu'un autre ange;
— Monsieur, bien désolé que cela vous dérange,
Mais le voisin pour vous m'a remis ce paquet
De farine prêtée un jour qu'il en manquait.
—Soyez le bien-venu, mon brave scarabée,

Car, restitution n'est jamais mieux tombée,
Asseyez-vous, je vais vous tirer un *chauveau*
Qui vous rafraîchira... c'est du bon vin nouveau. —
     Le scarabée enfin revint gris vers sa belle,
Qui se mit aussitôt à faire la rebelle,
Pendant qu'il essayait de lui sauter au cou,
En lui disant :—Pardieu! l'on peut bien boire un coup.—
     Puis enfin, la prenant dans ses bras, par la taille,
Un baiser des plus doux termine la bataille.
Sur quoi le scarabée expire en marmotant :
—Tâche, mon cher amour, d'en bientôt faire autant..—

XVI. L'HIVER.

Il faut qu'on ait au ciel bien de la neige à vendre,
Pour qu'on en voie encor tant de voitures pendre
Dans les nuages gris, quoique tout soit déjà
Couvert par celle dont il nous avantagea...
     Tiens, cet homme..on dirait qu'il revient de l'emplette..
Il en a sur le dos une charge complète,
Et s'enfuit, en courant comme un écervelé...
Pourtant, tout ce qu'il porte, il ne l'a pas volé....
     Quand le ciel se permet cet étrange manège,
Chaque espalier reprend sa perruque de neige,
Et se redresse avec, d'un air presque insultant,
Croyant que nul ne peut s'en procurer autant.
     Neige ici, neige là, neige partout ; plus trace
De chemins; et pourtant, sous la terre bien grasse,
Plus d'un beau grain se dit, paisible et satisfait :
—Pâque fleuri viendra, malgré le temps qu'il fait..—
     Plus d'un oiseau charmant, dès que l'hiver approche,
Va vite se cacher dans les vieux trous de roche,
Et laisse le bon Dieu faire ce qu'il voudra,
Bien sûr aussi qu'enfin Pâque fleuri viendra.
     Puis quand, au mois d'avril, les folles hirondelles
S'en viennent retrouver leurs nids à grand bruit d'ailes,

Tout jette alors bien loin son linceul détesté,
Et la vie en bourgeons surgit de tout côté..
Tiens , petit... ce moineau tout frileux m'inquiète'.
Car voilà bien des jours qu'on le met à la diète...
Ah ! nous ne sommes plus au temps de la moisson ,
Tu t'en aperçois bien, n'est-ce pas, mon garçon?
Tiens , tiens, régale-toi; mais à tes frères pense
Pour demain, car je veux, en garnissant leur panse,
Te prouver que l'on trouve encor de bonnes gens ,
Et que Dieu prend pitié des moineaux indigents.

XVII. L'ARBRE DE NOEL.

Il dort, il dort, couché là comme un comte..
Oh! oui, dors bien , cher amour, car j'y compte...
Que le bon Dieu maintienne un doux sommeil
Sur les yeux bleus de mon enfant vermeil.
Ne bouge pas, ne bouge pas ; ta mère ,
Sans plus savoir si sa vie est amère ,
Va doucement chercher l'arbre apprêté ,
Pour ton Noël , dans la chambre à côté.
Que vais-je y pendre? une petite chèvre ,
Un bon gâteau qui fondra sur ta lèvre ;
Ce petit bœuf étonné, puis enfin
Ces belles fleurs... le tout de sucre fin.
Cœur maternel, assez de friandise...
Il en faut être avare, quoi qu'on dise.
Sur le bon Dieu modelons-nous toujours :
Nous sert-il, lui, du gâteau tous les jours?
Sur cette branche il faudra que j'attache
Ces pommes qui n'ont pas la moindre tache ;
Quand en vit-on , d'un air si provoquant,
Sourire à ceux qui les regardent... quand?
Oh ! quel plaisir cela fait, une pomme
Qui vous sourit.. qu'un épicier, qu'un homme,
Esssaie un peu d'en faire autant... merci !

C'est le bon Dieu seul qui travaille ainsi.

Que mettre encor sur cet arbre qui plie,
Pour que ma tâche à moi soit accomplie ?
Ce beau mouchoir aux tranchantes couleurs...
Enfant, que Dieu te préserve des pleurs.

Et puis encor?... ce livre plein d'images,
Où l'on a peint en rouge les rois mages,
Avec un choix de belles oraisons,
Correspondant à toutes les saisons.

Bon; maintenant, c'est bien tout, il me semble;
Voyons à quoi de loin cela ressemble...
Tiens, sacristie, il faut encore ici,
Une verge... ah! la voici, la voici...

Ce n'est pas là ce que le plus il aime;
Tant pis, ma foi, car c'est bon tout de même,
Si tôt qu'on sait l'administrer à point;
D'ailleurs, sois sage, et tu ne l'auras point.

Hors ledit cas, il faudra t'y soumettre;
Oui, mais ta mère est capable de mettre
De beaux rubans autour, pour velouter
Les coups, si rien ne peut t'en exempter.

L'arbre est fini... comme il a bonne mine!
Que le grand jour à présent l'illumine,
Et pour ce drôle ingrat et stupéfait,
L'Enfant-Jésus, tout seul, aura tout fait.

Tu prendras tout sans savoir qui l'apporte,
Et sans me dire un seul merci... n'importe;
Qu'il te procure un peu de doux émoi,
Et j'en serai déjà bien fière, moi.

Bon Dieu, voilà le crieur; minuit tinte...
Chaque lumière à la fin s'est éteinte.
Comme le temps passe rapidement
Quand le cœur a trouvé son aliment.

Que Dieu te garde, enfant; voici venue
L'heure où Jésus naît sur la paille nue,
Par un grand froid dont un bœuf le défend...
Sois aussi bon que lui, mon cher enfant.

XVIII. LE NOUVEL AN.

Le matin ne vient pas... jusqu'à ce qu'il s'éveille ,
Je pourrai donc un peu flâner... c'est à merveille ;
Pas de farce là-haut, nuage mon ami ,
Car la lune déjà n'est claire qu'à demi...
   Point de fleurs.. mais partout du givre à larges franges,
Avec du foin au seuil des caves et des granges...
Mon cousin seul a pu se moquer d'eux ainsi,
Puis il se sera mis à courir, tout transi...
   Il faudra pourtant bien que ça change de mine ;
Je mettrai, moi, des fleurs à superbe étamine
Dans ces jardins... et puis, sur ces arbres jumeaux,
Des fleurs encor... des fleurs jusqu'au bout des rameaux.
   Rien ne bouge.. tout dort. Tiens voilà, bon augure..
Un moineau.. le pauvret fait bien triste figure ;
Je gage qu'il avait une tendre moitié,
Dont ces grands froids l'auront séparé sans pitié.
   Et le voilà tout morne , à présent ; plus de femme ,
Plus de pain , plus de gîte, et, quand le froid l'affame,
Personne pour lui faire un peu de soupe enfin...
Pauvre petit , c'est moi qui calmerai ta faim.
   Rien ne bouge.. tout dort. Quelle superbe église...
Leur clocher avec ceux des villes rivalise...
Six heures au cadran... le matin va venir ;
Ah ! tant mieux , car je gèle et n'y puis plus tenir..
   Les morts n'y sentent rien , eux ; quelle vie étrange
Ils ont ; toujours dormir sans que rien les dérange..
La mort guérit de tout ; mais comptons avec soin
Ces places vides , car nous en aurons besoin.
   Un orphelin pourrait trouver là sont affaire..
Là, deux vieillards, avec un peu de savoir-faire,
S'étendront aisément... Oh ! quelle bonne nuit
Passeront là tous ceux que ronge quelque ennui...
   Une lumière.. et deux.. et trois.. l'on se réveille...
Toutes ces portes vont s'ouvrir comme la veille ;
—Bon jour , mes braves gens ; me voici , pas d'effroi...

C'est moi ; depuis minuit je suis là.. qu'il fait froid !
  Mon cousin est parti sans vous faire de signe ;
Si j'avais cependant oublié ma consigne,
Quels dangers vous couriez ! voyons, foin du railleur ;
Suis-je beau ? tout cela sort de chez le tailleur...
  Veste de fin velours, beau gilet écarlate ;
Pantalons à grand poil... (on dit que cela flatte..)
Montre à cordon traînant, chapeau tout neuf, cheveux
Crêpés... vraiment je suis au comble de mes vœux..
  Tiens, dans mon havresac, j'en sens un qui regarde ;
Tu voudrais bien savoir quels beaux secrets j'y garde...
Ils seront assez tôt devant vous étalés...
Les roses n'y sont pas sans épines, allez.
  Vous verrez que ma balle est pas mal variée ;
Maillots d'enfants, anneau pour une mariée,
Rubans, couronnes, clefs de cimetière... Eh ! oui,
Peut-être pour plus d'un qui s'en moque aujourd'hui.
  Que Dieu nous donne à tous une âme sans reproche,
Et calme, quand la joie ou la douleur approche ..
Pour les fripons, je n'ai point de mot consolant,
Et n'en trouverais point, même en le bien voulant.
  Maintenant, habillez les enfants pour la messe,
En vous rappelant bien tout, menace et promesse...
Allons, voici le jour, et le soleil riant
Semble nous saluer du fond de l'Orient.

XIX. LE CURÉ DE TRIBERG.

  Savez-vous, cher Hébel, que jamais, à ma table,
Personne encor n'a bu de ce kirsch délectable,
Avec croquets au miel, comme vous faites là ;
Sans se dire à part soi : — Quel fameux kirsch voilà ! —
Et conclure, en ouvrant sa bouche toute grande ;
Par ces mots : — Ah ! monsieur, que le ciel vous le rende ! —
Vous seul, vous vous passez cela par le gosier,
Comme s'il provenait de votre cerisier ;

Pourtant l'on ne vous sait pas un pouce de terre..
— C'est vrai, je ne suis pas du tout propriétaire,
C'est vrai, mon cher curé, vous avez bien raison;
Je n'ai ni cerisier, ni verger, ni maison;
Je n'ai ni chien, ni chat; ni moutons dans l'étable,
Ni ruches dans ma cour, ni croquets sur ma table;
J'ai même le gousset très flasque par instant;
Eh bien, malgré cela, je m'estime pourtant,
Plus riche qu'à la fois toute votre paroisse...
Ne m'en veuillez pas trop, si cet aveu vous froisse;
Mais pour l'être, il suffit de bien croire qu'on l'est,
Et dans cette foi-là mon âme se complaît.
   Dès qu'un arbre fleurit, dès qu'un beau champ se pare
D'épis, mentalement vite je m'en empare:
Cette méthode-là me réussit toujours.
Mais c'est à la saint-Jean surtout, dans les grands jours,
Que je vois, à plaisir, mes domaines s'étendre,
Tellement, que je sais à peine, auquel entendre...
Combien de fleurs alors qu'il faut bien admirer,
Et de vagues parfums qu'il faut bien aspirer,
Avant de pouvoir dire à la faux qu'on aiguise :
—J'ai ma part, prends le reste, et l'arrange à ta guise! —
Puis viennent les moissons et leurs soucis nouveaux.
Combien de pas je fais, tant par monts que par vaux,
Jusqu'à ce que le blé soit bien tout dans la grange;
Sauf à recommencer quand viendra la vendange.
   Vous ne comprenez pas cela, mon cher curé,
Aussi me traitez-vous de fou, d'évaporé,
Et bénissez-vous même, en secouant la tête,
Le ciel de n'avoir pas fait de vous un poète.
   Je sais parfaitement que de toutes ces fleurs,
Dont je vais, moi, flairant l'arôme et les couleurs,
Vos abeilles vous font un miel que rien n'égale;
Ce kirsch excellent dont ici je me régale,
Et dont je ne saurais trop vous remercier;
Je sais qu'il vous provient de *votre* cerisier...
Mais je sens aussi, certe, et, tout haut je proclame,
Que ce rayon du ciel, que cette fleur de l'âme,

La poésie enfin, est plus douce à mon cœur,
Qu'au vôtre n'ont jamais été miel et liqueur.
Et là dessus, que Dieu bénisse vos abeilles,
Et que vos cerisiers, par immenses corbeilles,
Vous rapportent de quoi remplir un grand buffet,
De ce kirsch, dont vraiment, je suis très satisfait.

XX. JANVIER.

Cette huile ne vaut rien.. quelle horrible fumée !
Pourquoi laisser aussi la fenêtre fermée ?
Tiens, vois donc, à travers les fentes du volet :
N'est-ce pas ce janvier dont hier on parlait ?
Il dit : — Je dois avoir la tournure gentille,
Car en me regardant chaque étoile scintille
Plus amoureusement, et ne finit son tour
Qu'en aspirant après le moment du retour.
Tout brille sur les monts comme dans la vallée.
La terre en mon honneur s'est de neige voilée :
J'arpente la campagne en long, puis en travers :
Et je trouve partout de beaux chemins ouverts.
Que je suis frais... j'ai là des couleurs sans pareilles,
Qui me vont, par ma foi, du nez jusqu'aux oreilles ;
Le givre, à mes cheveux, non plus ne manque pas,
Et la neige partout crépite sous mes pas..
Comme je suis habile aussi...pour vous confire
Cet arbre et ces buissons, tenez ; il va suffire
Que je souffle dessus... trouvez un confiseur
Qui d'un talent pareil au mien soit possesseur. —
Tiens, vois donc cette vitre... à quoi cela ressemble...
Dirait-on pas qu'on a tenté d'y peindre ensemble
Des saintes, des sapins et des fleurs, oui, des fleurs !
On en peut faire aussi, tu le vois, sans couleurs.
— Qu'on m'attaque... je suis tout prêt à 'me défendre.,
Reprend bientôt janvier... il gèle à pierre fendre,
Les chênes dans les bois s'ouvrent du haut en bas,

Aussi, ce cher soleil grelotte-t-il là-bas.
    Au lieu de commencer à l'heure sa journée,
Que fait-il donc enfin toute la matinée...
Jusqu'à dix heures si la nuit pouvait durer.
Est-ce qu'il attendrait midi pour se montrer ? —
    Ah ! le voici pourtant... tout l'horizon s'embrase,
Et, malgré l'épaisseur du brouillard qui l'écrase,
Peut-être pourrons-nous bientôt l'apercevoir...
Souffle contre la vitre, afin de le mieux voir.
    Le brouillard à lutter contre le jour s'entête ;
Mais le soleil parvient vite à lui tenir tête,
Et bientôt, sur la nuque il pourra lui marcher...
Tiens, vois comme déjà resplendit le clocher.
    Janvier, en le voyant, met son poing sur sa hanche,
Jette en l'air son chapeau frangé de poudre blanche,
Et lui crie : — Eh ! dis donc, crois-tu que je te crains ?
Allons, descends bien vite, et qu'on se prenne aux crins. —
    Quand on a chaud l'hiver, l'on rit de la froidure,
Comme s'il n'était pas de mère qui l'endure,
En pleurant, de sentir les riches l'oublier ;
Sur l'enfant qu'elle étreint nu, dans son tablier.
    Il a beau faire froid, va, les larmes amères
Ne gèleront jamais au cœur des pauvres mères ;
Et d'ailleurs, ce janvier devrait bien, sans mentir,
Aux maux de l'indigence un peu mieux compatir...
    Va chez Lise Fischer porter cette chemise,
Avec les deux fagots qui sont dans la remise,
Puis cet orge, et dis lui qu'on l'attend demain soir,
Pour manger les gâteaux qui sont dans le dressoir.

XXI. L'ÉTOILE DU SOIR.

—Aux trousses du soleil, pauvre étoile chérie,
Te voilà donc toujours... tu voudrais, je parie,
Un baiser... — C'est en vain qu'elle allonge le pas,
Pour l'avoir ; vous verrez qu'elle ne l'aura pas.

Des mille étoiles dont se jaspe l'hémisphère ,
C'est pourtant celle-ci que le soleil préfère...
Il la mène partout , comme un petit lutin ,
Et la préfère même à celle du matin.

Avant qu'on ne l'ait vu devers la Forêt-Noire ,
Il lui montre de loin notre grand territoire ,
Et lui dit : — Ne va pas si vite, mon amour,
Rien ne presse...et d'ailleurs nous avons tout le jour..—

Elle , sans l'écouter , babille à l'avant-garde ,
Et le soleil répond, quand elle dit : « Regarde
Là-bas ! ... tout brille comme au ciel où nous allons. »
— Parbleu, je crois bien, c'est la Wiese et ses vallons !

As-tu bientôt tout vu? Je ne puis plus attendre... —
Et l'étoile poursuit, toujours sans rien entendre,
Les beaux nuages blancs , et si tôt qu'elle a cru
Mettre la main sur un... pst! .... il a disparu.

Quand se montre le Rhin , le père effrayé crie :
— Prend garde de tomber dans cette eau, ma chérie ,
Tu t'y noyerais.. — et vite, il lui reprend la main,
Et continue ainsi plus calme, son chemin.

Quand l'Alsace apparaît , la petite épuisée
Trouve enfin que la route est longue et malaisée;
Elle hésite en sentant défaillir ses genoux,
Et demande au soleil : — Quand donc y serons-nous?—

Les voilà sur les monts... Au couchant qui s'enflamme,
L'étoile reconnaît l'enclos qu'elle réclame ;
Prend par l'habit son père , aux pas fermes et longs ,
Et lui trottine ainsi derrière les talons.

Le pâtre et les troupeaux retournent à la ferme;
L'oiseau va se percher; chaque fleur se referme ;
La prière du soir tinte dans le clocher;
L'étoile alors se dit : — Nous devons approcher..—

Plus elle avance et plus s'éclaire son visage...
Le père est sur la porte à guetter son passage;
— Viens, petite souris..—dit-il, en l'embrassant...
Qu'on est bien dans les bras d'un père caressant!

—Belle étoile du soir, bonne nuit..—Chacun l'aime..
Son regard est si doux !.. quand la tristesse blême

Jette sur notre front quelque nuage épais,
Il suffit de la voir, pour retrouver la paix.
    Sous leur beau voile blanc, les étoiles unies
Par le lien secret des grandes harmonies,
Ne se donnent jamais entr'elles de souci;
Sur notre terre, hélas! que n'en est-il ainsi?
    Voilà qu'au vent du soir ce champ de blé s'agite...
M'est avis qu'il faudrait regagner notre gîte.
Va-t-en, Lise, remplir la lampe jusqu'au bord,
Puis tu l'allumeras, mais mouche-la d'abord.

XXII. LES GARDES CHAMPÊTRES.

    Derrière les grands bois, là-bas, sont des prairies,
Pleines de trèfles et de navettes fleuries;
Une hutte, au milieu, surgit modestement,
Et pourtant, excepté l'étoile au firmament,
Excepté le hibou qui dans la forêt pleure,
La Wiese qui bondit sans s'informer de l'heure,
Et le chevreuil qui brame au seuil de son réduit;
Tout est paisible au loin, tout dort, il est minuit...
    Deux gardes cependant veillent dans cette hutte;
Mais contre le sommeil en vain chacun d'eux lutte;
— Tiens, pour nous réveiller, si nous allions à l'air,
Chanter quelques chansons?... dit Nicolas Muller;
Lève-toi, Fritz, et viens voir comme se balance
Ce grand saule, là-bas, au milieu du silence,
Et comme, cette nuit, de cent drôles façons,
Pirouettent au vent ces naissantes moissons... —
    Maître Fritz en faisant une grimace énorme,
S'assied donc, comme il peut, à deux pas, sous un orme;
Nicolas s'établit lui, sous un cerisier,
Et les voilà bientôt chantant à plein gosier:
— Le matin, quand je vais pour boire à la fontaine,
Marianne vient vite, elle, y remplir son seau;
Le soir, quand elle y lave, en robe de futaine,
Sa salade; j'y cours, pris d'une soif soudaine,

Que n'étancherait pas, ma parole, un ruisseau.
— A l'église, j'ai l'œil moi, sur ma Véronique,
Si tôt que le curé commence ses sermons ;
Elle aussi, tout le temps, me surveille ironique,
Et le curé pour lui, garde ce qu'il explique,
Tant, à nous en passer, nous nous accoutumons.
— La cloche de Schopfheim a la voix claire et tendre,
Les orgues de Schopfheim l'ont ravissante aussi ;
A trouver la pareille, il ne faut pas s'attendre,
Pourtant, rien ne m'émeut encor comme d'entendre
Marianne me dire : — Ha ! tiens, mais.. vous voici ?
— Si tôt que le printemps renaît dans la vallée,
L'oiseau vole à son nid, et l'abeille à son miel ;
Comme eux alors aussi je prendrais ma volée,
Si Véronique, ouvrant sa chambrette isolée,
N'y résumait pour moi tous les bonheurs du ciel.
— Tout le monde, au palet me tient pour passé maître ;
Le fait est qu'à ce jeu, j'ai bien quelque talent ;
Eh bien, vienne pourtant Marianne à paraître,
A l'instant où j'allais, me surpasser peut-être ;
Et, comme un écolier, me voilà tout tremblant.
— Quand nous jouons parfois aux quilles sur la place,
Si Véronique est là, j'en abats sept par coup ;
Mais dès qu'elle s'en va, mon feu tourne à la glace,
Ma boule à mi-chemin du quillier s'embarrasse,
Et semble devenir aveugle tout-à-coup.
— Doux écho de nos chants, va-t-en, par sa fenêtre,
Éveiller Marianne, et dis-lui tendrement,
De manière à me faire à demi reconnaître,
Qu'ils sont en son honneur, tous ces chants, et peut-être
En aurai-je demain quelque remerciement.
— Véronique, dors bien, dans ta chambre boisée ;
En songe, seulement si tu me vois jamais,
Trouve un baiser pour moi, sur ta bouche rosée,
Et quand à le ravoir tu seras disposée,
Je t'en rendrai dix gros, oui, je te le promets...
— O vous qui scintillez là-haut d'un air si tendre,
Étoiles du bon Dieu, quand, dites-le moi donc,

A force de l'aimer sans le dire et d'attendre,
Verrai-je celle à qui mon cœur ose prétendre,
Me regarder avec un pareil abandon ?
—O vous que l'on prendrait pour des flocons de laine,
Nuages du bon Dieu, venez donc barbouiller
Cette lune, là-haut, si brillante et si pleine ;
De peur, qu'elle n'éveille en sa couche sereine,
Ma Véronique, avant l'heure de s'éveiller.
—On dirait que le jour bruit dans la ramée...
L'instant va donc venir où chaque revenant
Regagne, au grand galop, sa fosse accoutumée...
Ce pauvre Stéphen mort avec sa bien-aimée
Revient sans doute aussi chaque nuit maintenant...
—Les feux-follets pourtant tiennent toujours campagne,
Là-bas, sur ces marais à nos pieds interdits...
« Oui, valsez bien, de peur que la crampe vous gagne ;
On sait quel violon d'enfer vous accompagne ;
Mais restez à distance... arrière.. je vous dis. »
—Mon brave Fritz, tu sais que j'aime à la folie,
Les cerises ; pourtant, ta voix est si jolie,
Que pour t'entendre encor j'oublierais tout vraiment..
Si quelque chose à moi, te plaisait seulement,
Cela t'appartiendrait bientôt, tu peux le croire...
J'ai trouvé l'autre jour à Kandern, à la foire,
Quatre belles chansons, auprès d'un charlatan :
Ce sont : *le docteur Faust, les filles du Sultan*
L'Ecrivain dans le sac, et *l'Agneau dans les herbes* ;
Apprends-m'en donc les airs, on dit qu'ils sont superbes.
—Mon cher, je veux aussi moi, te faire présent
D'une image où l'on voit, en costume luisant,
La Vierge qui regarde au ciel d'un air mystique,
Si doux, qu'on a regret vraiment d'être hérétique ;
Et qui semble dire : « Ah ! comme il fait clair là-haut...»
Voilà précisément, dis-je, ce qu'il te faut,
Pour attendrir le cœur de cette Marianne...
Sais-tu quelle est fort bien, pour une paysanne.
Si tu l'aimes, va donc ; (crois-m'en, l'on s'y connaît,)
Va chez elle, et dis-lui vite ce qu'il en est.

XXIII. LA NOCE.

Je vous l'avais bien dit , et rien là ne m'étonne ,
Que nous verrions avant la fin de cet automne ,
Le messager de Bâle arriver à l'autel ,
En habit nuptial , comme un simple mortel.
    Que vous disais-je?... Il faut à cet homme une femme,
Une femme soigneuse et douce, une bonne âme ,
Qui lui donne un baiser quand, avant jour, il part,
Pour Bâle , ou bien pour Brugg, ou bien pour autre part. .
    Une femme qui vienne aussi le soir l'attendre
Sur la porte, et l'accueille avec quelque mot tendre,
Quand il rentre chez lui , tout fatigué qu'il est,
Et lui dise : — Chéri , mets donc ton gros gilet ;
    Fourre tes pauvres pieds dans ces larges pantoufles ;
Ta soupe doit avoir besoin que tu la souffles ;
Mange de ce jambon si peu que tu voudras ,
Pendant que j'irai mettre un grès chaud dans tes draps. . —
    Il sentait bien cela , le messager de Bâle :
Aussi dans tous les lieux où parfois il déballe ,
N'est-il pas deux minois tant soit peu méritants ,
Qu'il n'ait vus de très près, et depuis bien long-temps...
    On sait de reste ici, combien les amoureuses,
De la Limmat au Rhin, sont fraîches et nombreuses ;
Le messager se voit forcé de convenir
Que pourtant rien là-bas n'a pu lui convenir....
    —Aussi pourquoi chercher si loin, quand ton affaire
Est là , presque à la porte, et quand tu n'as à faire
Qu'un pas pour l'obtenir... Crains-tu de rester court,
Ou, voudrais-tu qu'on vînt te faire, à toi, la cour?—
    Il va donc, on accueille assez bien sa requête,
Et maintenant plus fier qu'un roi de sa conquête,
Il dit , en la couvant d'un regard attendri :
— Te voilà donc ma femme , et je suis ton mari! —
    Or , à présent , voici de toi ce qu'on réclame ;
De cette belle enfant fais une bonne femme ;
Prends les événements toujours du bon côté ,

Et nous serons heureux de ta félicité.

    Quel plaisir c'est, le soir, de voir dans sa couchette,
Un enfant nous tourner sa figure fraîchette,
Et pousser mille cris d'aise, en faisant haro
Sur le sucre apporté pour lui depuis Aarau..

    Qu'il ne sorte jamais pour nous de ta valise,
Que des nouvelles dont l'âme se tranquillise,
Et nous te promettons, mon brave messager,
Que tes enfants auront force sucre à manger..

XXIV. L'ORAGE.

    Ne sachant plus où fuir, l'oiseau tout tremblant rase
Le sol, tandis qu'au front d'un ciel qui vous écrase,
Reste, comme une mer, l'orage suspendu....
Quels bruits par la montagne! avez-vous entendus?

    La paille et les copeaux pris d'égales démences,
S'envolent par les airs, en tourbillons immenses;
Vois ce nuage qui se déchire en grondant...
Ainsi ma laine fait quand je la vais cardant.

    Que Dieu veille sur nous.. comme tout devient rouge...
Comme tout crie et craque aussitôt que l'on bouge :
La fenêtre frémit au fond du corridor;
Tiens, vois donc le petit, dans sa couchette, il dort!

    Mais on sonne à Schlingen.. Ah! mon Dieu quel vacarme,
En haut la foudre.. en bas cette cloche d'alarme..
Qu'en adviendra-t-il? Oh !.. quel coup rude et soudain..
Le tonnerre est tombé sur l'arbre du jardin.

    Le petit dort toujours.. « Quel bruit que puisse faire
La foudre, ce n'est pas, se dit-il, mon affaire ;
L'Autre veille là-haut.. » il souffle et se blottit
Sur l'autre oreille. Ah oui ! dors, mon pauvre petit.

    Vois-tu ce feu là-bas ; quelle effroyable crise..
Va donc vite accrocher ce volet qui se brise..
Tout comme l'an dernier... en tombe-t-il, bon Dieu ;
Tes blés,.. oh! pour le coup, tu peux leur dire adieu.

La pluie à grand fracas sur l'église ruisselle,
Dans la rue, on irait, ma parole, en nacelle..
Pauvre gens... ruinés... on en disait autant
L'autre fois et le mal se répara pourtant.
    Le petit dort toujours lui, comme tout à l'heure..
Il pense:—On pleure au ciel, eh bien, pardieu, je pleure
Bien aussi quelquefois..— C'est pourtant vrai, cela:
Il a déjà ses maux, lui, tel que le voilà.
    Que Dieu nous donne un cœur d'enfant, où nepénètre
Jamais l'effroi, plût-il des clous sous la fenêtre..
Oui, cela prouve bien qu'il n'est pas mensonger
Le proverbe qui mêle un ange à tout danger.
    Tiens; l'orage a passé...vois donc, comme c'est drôle.
Le soleil rit aux cieux. — Ah! tu reprends ton rôle
Trop tard, mon cher soleil.— Que non! dit-il, vos blés
Et vos fruits ne sont pas complètement criblés... —
    Bon, voilà le petit qui s'éveille... regarde
Q uelle moue..il sourit de façon goguenarde..
—— Tiens Fritz, veux-tu dehors voir comment il y fait?—
Il en rit, le vilain; donne-lui son brouet.

XXV. SUR UN TOMBEAU.

Dors en paix, dors en paix, sous ce toit de verdure;
Ta couche de cailloux doit te paraître dure,
Mais on ne les sent plus dans ton suaire épais,
        Dors en paix.
Ils ont bien remué leur édredon de sable
Sur ton cœur, sans troubler le calme impérissable
Dans lequel, au dernier moment, tu te drapais,
        Dors en paix.
Tu n'entends plus les vœux que je fais sur ta tombe...
Ma complainte, au néant sans t'arriver retombe;
Vaudrait-il beaucoup mieux qu'il en fût autrement?
        Non, vraiment.

Car ton bonheur n'est plus chose incertaine ou fausse.
Que n'ai-je pu m'étendre avec toi dans ta fosse..
Nos deux cœurs s'aimaient tant.. nous y serions encor
     Si d'accord..
Tu dors, et n'entends plus jamais sonner la cloche,
Ni les clameurs du guet lorsque minuit approche,
Et qu'il fait, en criant à pleins poumons, le tour
     De sa tour.
Quand par le ciel en feu l'orage s'amoncèle,
Le tonnerre au loin craque et la flamme ruisselle,
Sans que rien désormais trouble mal à propos,
     Ton repos..
Tu les as maintenant bien loin de toi chassées,
Pour n'y plus revenir, ces sinistres pensées,
Qui rendaient par moment ton limpide regard
     Si hagard.
Oui, tu dois être heureux, car sous la froide terre,
Chaque tourment est bien obligé de se taire..
Tous nos maux, Dieu merci, finissent au trépas,
     N'est-ce pas ?
Si j'étais près de toi je me rirais du reste ;
Mais je suis seule ici devant ta croix agreste,
A pleurer, sans que nul vienne alléger d'un grain
     Mon chagrin.
Oh! mon samedi soir, pour moi qui me lamente,
Viendra bientôt, j'espère, et vers l'amant, l'amante
Trouvera, grâce aux soins d'un voisin jeune et beau,
     Un tombeau.
Et quand je serai là, froide, dans tes ténèbres;
Quand il m'auront chanté tous leurs versets funèbres,
L'édredon s'étendra sur moi comme un pressoir
     Et... bonsoir.
Alors nous dormirons ensemble, et quand approche
La nuit, nous n'entendrons plus sonner nulle cloche,
Jusqu'au jour où luira pour nous un grand soleil
     Tout vermeil.
Or, ce jour là sera le dimanche; les anges
Chanteront par les airs comme font les mésanges,

Et nous nous lèverons en ouvrant, tous joyeux,
De grands yeux.
Et l'église sera neuve et bien éclairée,
Et nous irons tous deux sous sa voûte dorée,
Chanter l'*Alleluia* qui pour nul séraphin,
N'a de fin.

THÉODORE KOERNER.

Les chants patriotiques de Kœrner, représentent avec ceux d'Arndt, de Ruckert et de Schenckendorf, cette crise de 1813, si glorieuse pour l'Allemagne, et pour nous si fatale ; qui aboutit à l'affranchissement du sol germanique. Né à Dresde en 1788, et fait lieutenant le 8 octobre 1813, sur le champ de bataille, Kœrner fut tué dix jours après dans les plaines de Leipsig. Il n'avait pas encore 25 ans, et comptait pourtant déjà plusieurs succès au Théâtre.

Un jour, très grièvement blessé dans une embuscade et abandonné de tous au fond des bois ; il tire ses tablettes et se met à écrire ses *adieux à la vie*.

C'est de quelques heures seulement avant sa mort, que date sa *chanson de l'Epée*, la plus belle de son recueil. Les chasseurs de Lutzow dont il faisait partie, étaient à peu près pour l'Allemagne de 1813, ce qu'avaient été pour la France, les corps-francs de la République. C'était l'élite de la jeunesse allemande, équipée et entretenue à ses propres frais. Ils portaient un uniforme complètement noir, avec des têtes de mort blanches, sur le casque, sur les épaules, sur les basques et sur les boutons. On les appelait aussi pour cette raison, les chasseurs noirs, les chasseurs de la mort.

Ne recevant aucune solde d'aucun monarque, les chasseurs de Lutzow ne reconnaissaient, non plus la suprématie d'aucun; et se ruaient par moment sur nos armées, comme une véritable tempête; sans autre cri que celui de liberté, et sans autre but que l'affranchissement de la patrie commune.

Depuis, les désillusions sont venues. L'Allemagne a enfin compris le besoin de haute émancipation qui dirige partout les conquêtes de la France. Napoléon a retrouvé pour elle son glorieux prestige, et maintenant qu'elle a appris, en se mesurant à lui, tout ce dont elle était capable; son unique préoccupation va être de coopérer, lentement mais sûrement par la pensée, au grand œuvre qu'il ne put improviser à coups de canon.

XXVI. LA CHASSE DE LUTZOW.

Qu'est-ce qu'on voit briller là-bas dans la broussaille?
Le bruit que cela fait s'avance en grandissant;
Puis viennent les clameurs du cor dont tout tressaille,
Puis des lignes qui vont toujours s'assombrissant...
Approchez de ces noirs compagnons en passant,
Et vous reconnaîtrez à sa soif de carnage,
La chasse de Lutzow intrépide et sauvage.
Qui donc là-bas traverse ainsi la forêt sombre,

Et franchit les ravins et s'embusque?... Écoutez !
Le hourra retentit, le coup part, et dans l'ombre,
Les archers français morts tombent de tous côtés.
Approchez de ces noirs tirailleurs indomptés,
Et vous reconnaîtrez, aux rangs qu'elle ravage,
La chasse de Lutzow intrépide et sauvage.

Dans le pays du Rhin où les raisins mûrissent,
Le tyran se croyait d'un impossible abord,
Mais la chasse, aux lueurs des foudres qui rugissent,
Accourt, saute à la nage et gagne l'autre bord...
Approchez de ces noirs nageurs, et tout d'abord,
Vous la reconnaîtrez, déjà loin du rivage,
La chasse de Lutzow intrépide et sauvage.

Pourquoi dans ces vallons chauffe ainsi la bataille?
Pourquoi ces sabres nus?... En longs éclairs brûlants,
L'ardente liberté va, d'estoc et de taille,
Semant partout la mort dans les halliers tremblants.
Approchez de ces noirs cavaliers tout sanglants,
Et vous reconnaîtrez à son brusque passage,
La chasse de Lutzow intrépide et sauvage.

Qui sont-ils au soleil ceux qui râlent et meurent
Près de ces ennemis sous leurs coups terrasés?
La mort crispe leurs traits, mais leurs âmes demeurent
Calmes ; car la patrie est libre et c'est assez...
Approchez de ces noirs mourants mal entassés,
Et vous reconnaîtrez, à son rouge entourage,
La chasse de Lutzow intrépide et sauvage.

Oui , la chasse sauvage; oui, la chasse allemande :
Oui, la chasse aux tyrans ; oui, la chasse aux bourreaux !
Notre partrie est libre... amis, on ne demande
Ni larmes, ni regrets, quand on meurt en héros...
Que vos sabres, enfin, rentrent dans leurs fourreaux,
Mais que tout l'avenir bénisse d'âge en âge,
La chasse de Lutzow intrépide et sauvage.

XXVII. ADIEUX À LA VIE.

Ma blessure me cuit !... ma lèvre pantelante
Blêmit... puis, de ce pouls la mesure plus lente
Me dit qu'au dernier fil mon existence tient...
A ton gré, Seigneur ; car tout en moi t'appartient...
  L'avenir souriait à mon âme brûlante,
Et mon beau chant s'achève en plainte désolante..
Courage, cependant... ce que l'âme contient
Est immortel ainsi que Dieu dont on la tient...
  Ce feu pur et sacré que dans mon cœur je porte,
Que je l'appelle amour ou liberté, n'importe ;
Le voilà devant moi comme un beau séraphin...
  Je meurs, oui ! mais un souffle éthéré m'environne,
Et m'élève au sommet de grands monts que couronne
L'aurore de ce jour qui n'aura plus de fin.

XXVIII. LA CHANSON DE L'ÉPÉE.

Ma noble épée, à mon flanc suspendue,
Quand tu me vois, tu souris éperdue ;
Oh ! dis-moi donc ce qu'alors ton cœur a ?
  Hourra !
Ce qui me fait sourire de la sorte,
C'est que celui qui maintenant me porte,
Est brave et libre, et toujours le sera...
  Hourra !
Ma noble épée, oui, je suis libre et t'aime,
Comme un amant sa fiancée et même
Plus que jamais nul amant n'aimera...
  Hourra !
Mon cœur de fer t'appartient, mais que lente
Est à venir, pour ma lèvre brûlante,
L'heure où l'hymen enfin nous unira...
  Hourra !

Tiens, la trompette à la voix martiale,
Vient d'annoncer notre nuit nuptiale,
Pour l'instant où le canon hurlera.
Hourra!
Oh! quels baisers alors... mais je t'en prie.
Mon fiancé, viens chercher ta chérie;
A toi la fleur qui me couronnera.
Hourra!
Dans ton fourreau, pourquoi tant de vacarme,
Toi, mon bonheur de fer, toi, ma belle arme,
Que le combat si joyeuse rendra?
Hourra!
Dans mon fourreau, si je fais ce vacarme,
C'est que j'aspire, avec un noble charme,
L'odeur du sang qui bientôt coulera...
Hourra!
Dans ta chambrette, oh! plus ne te tourmente
Car je suis là, mon intrépide amante;
Pour t'en sortir quand le moment viendra.
Hourra!
Oh! fais-moi donc rapidement atteindre
Ce parterre où de sang tout va se teindre,
Où la mort seule aujourd'hui fleurira.
Hourra!
Eh bien, oui; sors, ma belle, et que je voie
Briller l'éclair que ta beauté renvoie;
Au toit béni ma main te conduira.
Hourra!
Ah! qu'il fait bon à l'air... qu'on est heureuse
De suivre au loin la noce aventureuse!...
Comme au soleil mon acier reluira...
Hourra!
Et nous, marchons; soldats, plus de détresse..
Fiers Allemands, pressez votre maîtresse
Sur votre cœur, il s'en réchauffera...
Hourra!
Sur le flanc gauche elle était éclipsée;
Au côté droit passons la fiancée,

Car c'est ainsi que Dieu nous bénira.
                Hourra!
    Puis d'une lèvre ardente et vigoureuse,
Pressez long-temps votre dure amoureuse ;
Et maudit soit qui l'abandonnera.
                Hourra!
    Et maintenant, chante la bien-aimée....
Que de ses coups la plaine soit semée ,
Et notre nuit d'amour arrivera...
                Hourra!

LOUIS UHLAND.

L. Uhland est né à Tubingen en 1787. Docteur en droit en 1810, il vint à Paris étudier nos troubadours et les minnesingers allemands, dont la collection complète ne se trouve qu'à la Bibliothèque Royale.

De retour en Allemagne, il y évoqua tous les vieux souvenirs chevaleresques du moyen-âge , et publia en 1815, un recueil de Lieder et de Ballades qui l'éleva au rang de chef-d'école, et lui valut une grande popularité. Uhland est de plus auteur de deux tragédies, *Ernest de Souabe* et *Louis de Bavière*. Il a eu pour émules ou disciples, MM. Justin Kerner, Ruckert dont nous avons déjà parlé, Schwab. Grun, de Gaudy, Muller, Simrock, Platen, Lenau, Zedlitz, Mayer, Chamisso, Menzel, Geibel, Pfyzer, Mosen, Mœrike et autres, qui forment spécialement entr'eux cette école *souabe*, à laquelle tous les poètes allemands, nous l'avons déjà dit, se rattachent par quelque point. Uhland abandonna enfin la poésie pour le droit, qu'il professa jusqu'en 1832, époque à laquelle il fut élu député. Dès lors notre poète devint à la chambre de Wurtemberg, à peu près ce qu'est chez nous M. de Lamartine; un des plus fermes appuis de l'opposition.

XXIX. CHANT DU PAUVRE.

Je suis bien pauvre et m'en vais solitaire,
Et cependant, une fois sur la terre
Où j'en vois tant, de tous les biens jouir,
J'aurais encor voulu me réjouir.
Quand je vivais autrefois en famille,
J'étais un bel enfant pour qui fourmille
L'essaim charmant des rêves dorés; mais,
Mon père mort, tout m'a fui pour jamais.
Je vois fleurir les beaux jardins du riche,
Et les moissons des champs qu'on lui défriche,
Tout en suivant le pénible chemin,
Où la douleur me conduit par la main.
Et cependant à mon insu, j'éprouve
Je ne sais quel plaisir, quand je me trouve
Parmi des gens heureux, et qu'alentour
Je puis au moins dire à chacun bonjour.
O Dieu puissant, toute joie à ma vie,
Tu le vois donc, n'est pas encor ravie,
Et sur nos maux, de ton ciel il descend
Des rayons purs dont chacun se ressent.
Dans tout hameau s'ouvre ta maison sainte
Dont, à personne, on n'interdit l'enceinte,
Et l'orgue y verse à tous également

L'oubli des pleurs et le recueillement.
  Les astres dont ton beau ciel se décore,
Avec amour me regardent encore;
Et, sur le soir, quand tinte le beffroi;
Vers toi, mon cœur s'envole sans effroi.
  Un jour, les bons dans ton palais, mon père,
Entreront tous; j'en serai, je l'espère;
Et moi pour qui tout ici-bas manquait,
J'aurai comme eux place au divin banquet.

XXX. CHANT DU BERGER.

D'ici mon regard de berger,
Sur les châteaux peut voyager;
Par moi le jour moins passager
Commence et finit sa campagne...
Je suis l'enfant de la montagne.
  Ici se forment les torrents
Que dans mes bras nerveux je prends,
Pour boire leurs flots transparents,
Avant qu'ils baignent la campagne...
Je suis l'enfant de la montagne.
  A moi ces monts où j'ai grandi,
Où jamais, du nord au midi,
La tempête n'a rebondi,
Sans que ma chanson l'accompagne...
Je suis l'enfant de la montagne.
  Quand l'ouragan traverse l'air,
C'est à mes pieds que luit l'éclair,
Et je chante sous le ciel clair,
Sans avoir peur qu'il ne me gagne :
Je suis l'enfant de la montagne.
  Et puis quand au son du beffroi,
La guerre en bas sème l'effroi,
Je cours en déchirant l'air froid,
Avec mon sabre d'Allemagne....
Je suis l'enfant de la montagne.

XXXI. LE BRIGAND.

Par un beau jour de fête printanière,
Un vieux brigand sortait de sa tanière,
Quand une fille aux contours vaporeux,
Vint à passer au bout du chemin creux.
— Tu porterais de royales toilettes
Dans ta corbeille, au lieu de violettes,
Dit le brigand par sa grâce dompté,
Que tu n'irais pas moins en liberté ! —
Long-temps encor, de son regard qui brille,
Il poursuivit la pauvre jeune fille
Qui cheminait, le front tout empourpré
Par la frayeur, à travers le grand pré.
Puis, à la fin, quand cette ombre inouïe,
Pour le brigand, se fut évanouie,
Dans l'épaisseur verte des aubépins;
Il regagna ses grands bois de sapins,

XXXII. LA FILLE DE L'HOTESSE.

Un jour trois beaux garçons traversèrent le Rhin,
Et dans une taverne allaient mener grand train.
— Vos vins sont-ils bien frais, et fraîche votre bière,
Bourgeoise ? et votre fille, où donc la cachez-vous?[nous;]
— Frais est toujours, messieurs, ce que l'on boit chez
Ma pauvre fille est là gisante dans sa bière...
Dans la chambre tous trois ils entrèrent alors ;
Là, dans un cercueil noir dormait la fille morte.
Le premier souleva le linceul par les bords,
La regarda tout triste, et parla de la sorte :
— Que tes yeux n'étaient-ils moins prompts à se fermer!
Il me semble à présent que j'aurais pu t'aimer.
Le second rabattit le drap de mort sur elle,

Et détournant ses yeux voilés de pleurs cuisants :
   — Oh ! dit-il , pour toujours tu dors, ma tourterelle !..
Je t'aimais pourtant bien , moi, depuis quelques ans !
   Le troisième à son tour ouvrit ce linceul blême ,
Et sur sa bouche pâle imprimant un baiser :
   — Je t'ai toujours aimée et t'aime encor de même ,
Dit-il, et cet amour je veux l'éterniser.

XXXIII. LA FAUCHEUSE.

   — Eh bonjour ! te voilà déjà sur pied, Marie ;
L'amour ne peut donc rien déranger à tes soins...
Eh bien. tiens ; dans trois jours fauche cette prairie ,
Et mon fils est à toi... pourrais-je faire moins ?—
   Ainsi le vieux fermier formulait sa surprise.
Marie... en l'écoutant, ton cœur battait bien fort !..
Avec un nouveau feu la tâche fut reprise,
Et l'andain cheminait d'un pas à chaque effort...
   Quand arrive midi , les faucheurs hors d'haleine,
Vont aux fontaines boire , au frais se reposer...
L'abeille , sans répit , court , elle, par la plaine ,
Et Marie avec elle entend rivaliser...
   Le jour baisse... voici la prière qui sonne ;
Chacun dit à Marie : « Assez pour aujourd'hui ! »
Faucheurs, bergers, troupeaux, on entend plus personne..
Marie humecte encor sa meule dans l'étui...
   Vient le frais, puis la lune, et les étoiles blanches ;
Un rossignol répète au loin son plus doux chant...
La pauvre enfant le laisse être heureux sous les branches ,
Et verse à pleine faux les herbes de son champ...
   Du soir jusqu'au matin, de l'aube à la nuit close ;
Tant, d'amoureux espoir son cœur était garni ,
Cela dura trois jours... puis une larme rose
Pendit à ses cils noirs, car elle avait fini !... [ouvrière !]
   — Eh ! bonjour... mais que vois-je?... oh ! la bonne
Tout est fauché?... c'est bien , je paierai largement...

Tu n'a pas pris mon dire au sérieux, j'espère...
(Quand on est amoureux tout se croit aisément.)
   Il avait disparu...la pauvre délaissée
Se sent prise aux genoux de tremblements soudains ;
Son cœur se glace, plus de voix ni de pensée...
Ainsi la trouva-t-on, froide sur ses andains.

   Ainsi vit-elle encor, le front bas, les yeux ternes.
Un peu de miel, voilà tout ce qu'on lui permet...
Apprêtez-lui sa tombe au milieu des luzernes.
Car faucheuse jamais n'aima comme elle aimait.

XXXIV. **AGONIE.**

1. LA SÉRÉNADE.

   —O ma mère! qui me réveille
Par ces refreins sollicitants?
   Écoute... qui donc si tard veille,
Pour chanter les chansons si douces que j'entends ?
   —Je ne vois, je n'entends personne...
Dors... C'est ton mal, mon cher amour,
   Qui dans ta tête ainsi résonne ;
Tout dort... et de long-temps ne paraîtra le jour.
   —O ma mère! ces voix étranges
Dont tu n'entends, toi, pas le bruit ;
   C'est peut-être l'appel des anges
Qui m'attendent là-haut...ma mère, bonne nuit...

2. L'ORGUE.

   —Bon voisin, avant que j'expire,
Touchez encor l'orgue pour moi ;
   Nous verrons quel est son empire,
Et s'il réveillera dans mon cœur quelque émoi.—
   Elle dit et pria ; l'artiste
Fit mieux que tous les autres jours ;
   Mais son morceau si doux et triste
Une fois terminé, s'oublia pour toujours.

C'étaient d'étranges symphonies
Qui naissaient alors sous sa main ;
Quand il les eut toutes finies,
La pauvre enfant avait du ciel pris le chemin.

3. LA GRIVE.

Hors du jardin, que l'on me cherche
Sous l'herbe un lit pour tout l'été ;
J'y serai bien, pourvu que perche
Et chante autour de moi la grive en liberté.
Quand un enfant met une grive
En cage, adieu douce chanson ;
Sa tête tombe à la dérive
Contre les barreaux noirs qui forment sa prison.
D'un œil mourant elle supplie
Encor l'enfant froid et mutin,
Puis sur soi-même se replie...
Puis enfin son regard étincelle et s'éteint.

XXXV. TROIS JEUNES FILLES.

Trois filles, depuis leur terrasse,
Regardaient à leurs pieds le val,
Quand avec sa grande cuirasse
Arriva leur père à cheval...
—Seigneur, souffrez qu'on vous embrasse,
Bien sages nous avons été ;
Que nous avez-vous rapporté?
— A toi, ma fille en robe jaune,
J'ai bien pensé cette fois-ci.
Tu n'aimes que ce qui fleuronne,
La parure est ton seul souci.
Voilà donc ce que je te donne ;
Pour te l'avoir, ce beau collier,
J'ai mis à mort un chevalier.
Ce collier d'or, la damoiselle

Le glisse autour de son cou blanc,
Puis descend, et sous la tourelle,
Trouve un mort couché sur le flanc.
—Tel qu'un voleur, s'écria-t-elle,
Te voilà, noble fils des preux :
Te voilà, mon bel amoureux!—
    Entre ses bras la bonne fille,
A l'église le descendit.
Et dans son tombeau de famille,
Respectueuse, l'étendit.
Puis serrant la chaîne qui brille
Autour de son cou parfumé,
Elle meurt sur le bien aimé.
    Deux filles, depuis leur terrasse,
Regardaient à leurs pieds le val,
Quand avec sa grande cuirasse
Arriva leur père à cheval...
—Seigneur, souffrez qu'on vous embrasse,
Bien sages nous avons été;
Que nous avez-vous rapporté?
    —A toi, ma fille en robe verte.
J'ai bien pensé cette fois-ci;
Ta meute est toujours en alerte,
La chasse fait ton seul souci.
Cet épieu te convient donc, certe.
Pour en devenir possesseur,
J'ai mis à mort un fier chasseur.—
    Sa main, que l'épouvante glace,
Prend l'épieu, puis dans la forêt,
En criant : Mort! pour cri de chasse,
La pauvre fille disparaît.
Sous un tilleul enfin, bien lasse,
Elle trouva son doux ami
Du sommeil de mort endormi.
    —Sous cet arbre si l'on t'égorge,
Tu n'y mourras du moins pas seul! —
Dit-elle, en dressant sur sa gorge
L'épieu qu'appuyait le tilleul....

Sur eux niche le rouge-gorge,
On voit le tertre se bomber
Et les feuilles vertes tomber.,
    Une fille, sur sa terrasse,
Regardait à ses pieds le val,
Quand avec sa grande cuirasse
Arriva son père à cheval....
—Seigneur, souffrez qu'on vous embrasse,
Bien sage j'ai toujours été;
Que m'avez-vous donc rapporté?
    —A toi, ma fille en robe blanche,
J'ai bien pensé cette fois-ci;
L'or ne t'est rien, mais en revanche,
Les fleurs font ton plus grand souci.
D'un blanc d'argent celle-ci tranche;
Pour la prendre dans son panier,
J'ai mis à mort un jardinier.
    —Qu'avait donc fait cet homme-lige
Pour l'assommer ainsi qu'un chien?
Ses fleurs vont sécher sur la tige;
Lui qui les arrosait si bien!
—Il m'osait refuser, te dis-je,
Cette fleur qu'ailleurs nul n'avait,
Et qu'à sa belle il réservait. —
    Elle prit enfin la fleurette,
L'attacha sur son sein brûlant;
Puis dans un jardin la pauvrette
S'alla promener à pas lent.
Un monticule au fond l'arrête....
De beaux lis s'y berçaient au vent,
Elle se reposa devant.
    —Que n'ai-je au moins l'arme cruelle
De mes pauvres sœurs, à présent:
Car cette fleur si douce et belle,
Ne peut, elle, verser de sang...
Long-temps ainsi la fixa-t-elle,
Et quand la fleur mourut, voilà
Que son âme aussi s'envola.

XXXVI. PUNITION.

Un écuyer ayant assassiné son maître,
Lui vola sa brillante armure pour la mettre.
C'était par un grand bois, du fleuve riverain,
En sorte qu'il jeta son corps nu dans le Rhin ;
Comptant déjà, tout fier d'une telle capture,
S'approprier aussi sa superbe monture.
Or, dès le premier pont qu'il fallut traverser,
Le cheval se cabra, prêt à tout renverser,
Et l'assassin voulant user de l'étrivière,
On le fit brusquement plonger dans la rivière...
Il revint à fleur d'eau, comme les noyés font ;
Mais sa cuirasse enfin le fit couler à fond.

XXXVII. LE JARDIN DES ROSES.

Dans un jardin plein de roses, les dames
Allaient souvent, dès le matin, s'asseoir :
Puis sous chaque arbre étincelaient des lames
De spadassins quand revenait le soir.
—Mon maître est roi d'une grande contrée ;
Je règne ici, moi, sur de simples fleurs...
Son diadème est de couleur dorée ;
Je fais le mien de toutes les couleurs.
Or, écoutez, vous gardes pleins de zèle,
Qu'à ma grandeur il m'a plus d'allier :
« Qu'il n'entre ici que douce jouvencelle,
Entendez-vous, et pas un chevalier!
Ils briseraient comme futiles choses,
Mes fleurs, avec leurs grands airs de dédain.—
Ainsi parlait la princesse des roses,
En parcourant dès l'aube son jardin.
Et cependant trois gardes à la porte
Vont, viennent, vont, et hument tour à tour

Les doux parfums que le vent leur apporte,
De ces rosiers, objets de tant d'amour.

Viennent bientôt trois fillettes mignardes,
Dont les dehors n'avaient rien de mondain,
Leur dire : — Ouvrez, pour nous, Messieurs les gardes,
Et laissez-nous entrer dans ce jardin.—

Or, quand leur main blanche se fut risquée
A dépouiller ces rosiers opulents,
Chacune dit : — Me suis-je donc piquée,
Pour voir ainsi mes dix doigts tout sanglants ?—

Et cependant trois gardes à la porte,
Vont, viennent, vont, et hument tour à tour
Les doux parfums que le vent leur apporte,
De ces rosiers, objets de tant d'amour.

Trois chevaliers, à figures hagardes,
Vinrent aussi, sur des chevaux, montés,
En criant : — Place à nous, vauriens de gardes ;
Ouvrez pour nous la porte, et vous hâtez ! —

Ils avaient dit; la porte restait close...
Chacun alors mit donc flamberge au vent ;
Bien cher, hélas! coûte la moindre rose :
Car c'est au prix du sang qu'on la leur vend!

Affreux combat..! reste enfin la victoire
Aux agresseurs vaniteux et grossiers,
Qui crurent faire acte fort méritoire
En sabrant tout, surveillants et rosiers.

Puis quand revint au soir la pauvre reine,
—O Dieu, dit-elle, ils sont donc sans remord!
Ces roses dont j'étais la souveraine,
Et mes trois beaux gardes, quoi! tout est mort ?

Ah! que du moins, sur des feuilles de rose,
Le monde ici les sache ensevelis ;
Puis dans ce lieu que de mes pleurs j'arrose,
Dorénavant je sèmerai des lis.

Oui, mais qui donc préposer à leur garde,
Pour m'épargner désormais tout ennui ;
Sinon... ce beau soleil qui me regarde...
Pendant le jour ; et la lune.... la nuit ?

XXXVIII. LE COMTE DE GRÉIERS.

Rêveur sous les créneaux de sa châtellenie,
Le comte de Gréiers regardait un matin
Les Alpes déroulant cette chaîne infinie
De pics et de vallons à l'horizon lointain.
    —Vertes Alpes, dit-il, que douce est votre vue!
Heureux tous vos enfants aux vermeilles couleurs!
Calme, je vous passais autrefois en revue,
Et voilà qu'aujourd'hui je sens couler mes pleurs.
    Puis insensiblement montait à son oreille
La chanson des bergers cheminant vers le bourg :
Puis devant le château leur danse s'appareille,
Toute fleurie, au son du fifre et du tambour.
    Svelte comme un rejet de mai, la plus hardie,
Prenant alors la main du comte tout surpris,
L'entraînait au milieu de la ronde étourdie,
En s'écriant ; — Beau sire, enfin vous voilà pris ! —
    Et la ronde tournait, et c'était un vertige,
Et les doigts se tenaient aux doigts bien cramponnés,
Et les arbres semblaient osciller sur leur tige,
Et l'on courait ainsi les hameaux étonnés.
    Depuis trois jours, ni plus ni moins, que cela tourne,
Qu'est devenu le comte, et qu'a-t-on fait de lui?
Pourtant, certes, il est bien temps qu'il s'en retourne,
Car l'éclair au front nu des montagnes a lui.
    Tout crève... le torrent comme un fleuve dévale.
La nuit s'embrase aux feux de l'éclair, et sur l'eau
Un homme presque mort surgit par intervalle,
Blême... et vient s'accrocher aux branches d'un bouleau !
    —Où suis-je? par ces monts nous dansions, il me semble,
Quand sur nous est venu fondre cet ouragan ;
Dans les trous de rocher ils ont su fuir ensemble,
Et j'ai terminé seul ce bal extravagant!
    Beaux jours, où l'on pouvait pour un berger me prendre,
Joyeuses gens, et vous, vertes Alpes, adieu!

Ce n'est point, (ces éclairs me l'ont bien fait comprendre)!
Pour un tel paradis que m'avait créé Dieu.
    A d'autres vos parfums , roses de la montagne :
A moi l'âme et le front toujours voilés de noir !
A d'autres ces rondeaux que le fifre accompagne :
A moi la solitude au fond de mon manoir!

XXXIX.

Quand le soir , au couchant , les grands nuages d'or,
Comme ces Alpes où la neige blanche dort ,
        Dressent leur crête rose,
J'ai souvent supposé qu'enfin je trouverais
Parmi ces monts de feu , le vallon clos et frais
        Où l'âme se repose...

HENRI HEINE.

H. Heine est né à Dusseldorf en 1799. Comme Uhland on le destinait à la jurisprudence ; mais il jeta bientôt son bonnet de docteur aux orties , pour se consacrer tout entier à la littérature.

Bien que ses débuts aient été antérieurs à 1830, c'est à cette époque que commença son importance littéraire, et presque même , son séjour à Paris ; où il fit bon nombre de brillantes infidélités à sa langue maternelle, en faveur de la Revue des Deux-Mondes.

L'ensemble des œuvres de M. Heine, qui forme déjà une quinzaine de volumes, ressemble beaucoup plus à ces luxuriantes et capricieuses végétations de l'Amérique, qu'à un monument régulier. Le sarcasme de Voltaire, la naïveté germanique, et le désespoir de Lélia; les ricannements, le sourire et les pleurs, tout cela s'y amalgame de la façon la plus étrange. Après avoir chanté sur tous les tons la nature et l'amour; M. Heine est entré, sa cravache à la main, dans la critique politique et littéraire, où ses persifflages, quelquefois sanglants, revêtent toujours la forme la plus éblouissante et la plus fantasque. La même direction a été suivie avec plus ou moins de succès par MM. Freiligrath, Dengelstedt, Herwegh, Beck, Prutz, Margraff, Hoffmann de Fallersleben, etc.

Les citations que nous hasardons ici, remontent; il sera facile de le voir; à la première jeunesse de l'auteur.

Elle nous serviront, sinon à faire connaître suffisamment M. Heine; il faudrait pour cela de bien autres ressources que les nôtres; du moins à parfaire tant bien que mal la tâche que nous nous étions proposée, d'indiquer à peu près de quelle manière les Allemands comprennent ces quatre choses, qui leur tiennent si énergiquement au cœur; la nature, la patrie, la fantaisie et l'amour.

XL.

Dans le Rhin, ce grand fleuve aux transparentes ondes,
Cologne, la dévote et splendide cité,
Mire orgueilleusement ses belles filles blondes,
Et son dôme imposant comme l'immensité.
Sous ce dôme, en cherchant, vous trouverez dans l'ombre,
Un vieux tableau sur cuir jaune, et sans nom d'auteur;

Qui toujours sur ma vie aventureuse et sombre,
Jettera son reflet doux et consolateur.
    Sur ce tableau, l'on voit Notre-Dame enfermée
Dans un cercle sans fin d'archanges et de fleurs ;
Or, cette Notre-Dame a, de ma bien-aimée,
Exactement les yeux, la bouche et les couleurs.

XLI.

    Ah ! se disait le front, si j'étais l'escabelle,
Où se posent les pieds mignons de cette belle,
Je ne me plaindrais pas, certes, de la sentir,
Autant qu'elle voudrait, sur moi s'appesantir.
    Ah ! se disait le cœur, si j'étais la pelote,
Où, le soir, elle met les épingles qu'elle ôte,
Je m'en laisserais bien percer, déjà tout fier,
Qu'elle se décidât à me les confier
    Ah ! se disait la voix, si j'étais la frisure
Qui flotte sur son cou rose, je vous assure
Que je lui coulerais dans l'oreille, en secret,
Plus d'un aveu charmant qui l'émerveillerait.

XLII.

    Celui qui te forma pour mon bonheur, à moi :
Te fit comme une fleur, douce, pure et charmante :
Ton regard bleu me met l'âme toute en émoi :
Plus je te trouve belle, et plus je me tourmente...
    Il me semble parfois que je devrais poser
Mes deux mains sur ton front de sainte, ô mon amante !
Et prier le bon Dieu de toujours te laisser
Telle que te voilà, douce, pure et charmante...

XLIII.

    Colle ta joue ardente à la mienne ; il me semble
Que nos pleurs couleront moins douleureux ensemble,
Et que nos cœurs en feu battront moins oppressés ,

Dès qu'ils se sentiront l'un sur l'autre pressés.
    Et quand, sur tant de pure et juvénile flamme,
Auront couru ces pleurs qui nous torturent l'âme...
Et quand mes bras pourront t'étreindre à triple tour,
Alors, oh! je mourrai de bonheur et d'amour!

XLIV.

    Lorsque tu seras morte, ô ma blanche colombe!
Je me ferai descendre avec toi dans la tombe;
Et ne penserai plus, hélas! dès ce moment,
Qu'à me serrer un peu, contre toi, doucement.
    Et je t'embrasserai dès lors, comme je t'aime,
Toi, si tranquille enfin, et si froide, et si blême;
En attendant, avec un indiscible émoi,
Que le dernier moment arrive aussi pour moi.
    A minuit, tous les morts déposent leurs suaires,
Pour se mettre à danser autour des ossuaires;
Nous seuls, nous resterons dans la tombe endormis,
L'un sur l'autre appuyés, comme deux bons amis.
    Au jour du jugement la fatale trompette
Retentira, pareille au bruit de la tempête;
De partout surgiront alors les trépassés;
Nous seuls, nous resterons dans la tombe enlacés.

XLV.

    Quand je vois tes beaux yeux, tout chagrin m'abandonne;
Pour un petit baiser que ta bouche me donne,
Me voilà, de tous maux guéri complètement;
Quand je t'ai dans mes bras, je me crois au ciel même;
Puisqu'il en est ainsi; quand tu me dis : — je t'aime! —
Pourquoi donc aussitôt pleuré-je amèrement?

XLVI.

    Mets sur mon cœur ta main si mignonne et si tendre,
Puis écoute quel bruit affreux s'y fait entendre..
C'est un charpentier noir qui le trouble si fort,

En faisant mon cercueil, pour quand je serai mort...
Il est là, nuit et jour, à marteler ses planches;
Aussi, depuis long-temps, n'ai-je eu que des nuits blanches;
— De grace! faites-donc, monsieur le charpentier,
Que je puisse bientôt m'y coucher tout entier!

XLVII.

Ah! si les fleurs savaient quelle affreuse blessure
J'ai là, sous les replis du cœur, je vous assure,
Qu'aux miens, elles viendraient toutes unir leurs pleurs,
Afin de soulager plus vite mes douleurs.
Ah! si les rossignols savaient que je suis triste:
Ils feraient, j'en suis sûr, entendre à l'improviste,
En me voyant toujours si pâle et si distrait:
Quelque douce chanson qui me consolerait.
Ah! si de ces hauteurs où nul ne peut atteindre,
Les étoiles savaient combien je suis à plaindre,
Elles s'arrêteraient, j'en suis sûr, dans leur cours,
Pour venir me prêter assistance et secours.
Mais pas un d'eux ne sait ce qui fait ma torture;
Ce secret n'est connu que d'une créature,
Et c'est précisément son sourire moqueur
Qui fait toujours saigner ainsi mon pauvre cœur...

XLVIII.

Des hauteurs qu'elle habite à la voûte azurée,
Tout à coup se détache une étoile.éplorée:
C'est l'étoile d'amour qui se détache ainsi,
Et rentre dans la nuit, sans pitié ni merci.
D'un pommier qui déploie au loin ses mille branches,
Il se met à neiger beaucoup de feuilles blanches;
Puis, le moment d'après, souffle un vent orageux
Qui, sans plus de façon, les emporte en ses jeux.
Sur un limpide étang se promène un beau cygne,
Dont la voix a vraiment une douceur insigne;
Mais bientôt on le voit tournoyer sur l'étang,

Et, dans ses profondeurs, s'abîmer en chantant.
Tout redevient alors silencieux et sombre ;
L'étoile cependant a disparu dans l'ombre,
Les feuilles du pommier courent à travers champs,
Et le cygne, sous l'onde, a noyé tous ses chants.

XLIX.

Ils avaient avec moi les plus nobles façons,
Qu'ils saupoudraient toujours de paternes leçons :
Et ne manquaient jamais de me laisser entendre
Qu'on me protégerait .. si je savais attendre.
Mais tout cela n'eût pas empêché qu'à la fin,
Je n'apprisse, à mes frais, ce que c'est que la faim ;
Si je n'eusse trouvé l'appui d'un bien brave homme,
Qui, chose remarquable! ainsi que moi se nomme.
Oh! oui, c'est lui; mon cœur s'en souviendra toujours,
Qui me fournit le pain, durant les mauvais jours ;
Aussi, de l'embrasser, sens-je un besoin extrême ;
Mais impossible ; car cet homme c'est... moi-même!

L.

Il en est de l'amour et de la poésie,
Pour bien des braves gens à face cramoisie,
Comme de ces bluets, en touffes rassemblés,
Et des coquelicots qui brillent dans les blés.
Le passant les appelle, en feignant l'ironie,
Bien qu'il en soit ravi : — Charmante zizanie! —
Puis vient le moisonneur, qui d'un air furibond,
Les arrache du sol, en pensant : — A quoi bon? —
De son côté pourtant, la jeune campagnarde
En couronne, à grands soins, sa figure mignarde ,
Pour aller, le dimanche, au bal accoutumé,
Et paraître plus belle aux yeux du bien-aimé.